엮은이

엄마 백승연
대학에서 무역학을 진공한 뒤, 결혼 후에 유아교육을 다시 공부하며 30년간 유아 교육 분야에 종사했다. 일하는 틈틈이 석사 학위를 취득하며 학업과 일을 병행하는 치열한 삶을 살았다. 은퇴 후 무료한 시간을 보내던 중 갑자기 찾아온 여유로 인해 가벼운 우울감에 빠졌고, 그 무렵 필사를 시작하게 되었다. 손으로 글씨를 쓰는 시간이 생각보다 큰 위로가 되었고 필사로 인해 일상의 리듬을 되찾게 되어 많은 사람과 함께 하고 싶다는 생각을 갖게 되었다.

딸 박영채
대학에서 스페인어를 전공한 뒤 도서 저작권 에이전트로 일하며, 대학원에서 미술사학 석사 과정을 병행했다. 바쁜 일상 속에서도 자신의 시간을 충실히 살아가고자 애쓰며 열심히 살아왔다. 어느 날, 자신의 거울처럼 느껴졌던 엄마의 무기력한 모습을 보게 되었고, 엄마의 삶에 다시 활력을 불어넣어 줄 수 있는 '티라미수 같은 역할'을 해 줄 수 있기를 바라며 필사를 권하게 되었다.

엄마 아빠의 교과서에서
되살아난 말의 풍경

별 헤는 밤의 필사

지은이

유치환, 윤동주, 민태원, 박용철, 이육사, 이상, 최남선, 심훈, 김춘수, 이상화,
노천명, 김기림, 김소월, 피천득, 한용운, 현진건, 박인환, 이양하, 김영랑,
김광균, 이효석, 백석, 이광수, 정지용, 김동환, 조지훈, 김상용, 윤곤강, 변영로,
김구, 허균, 황진이, 신사임당, 임제, 윤선도, 백수광부의 처, 월명사, 정철,
유씨부인, 왕방연, 길재, 성삼문, 이방원, 정몽주, 집현전 학사, 세종
프랜시스 베이컨, 윌리엄 워즈워스, 로버트 프로스트, 알퐁스 도데,
윌리엄 버틀러 예이츠, 안톤 슈낙, 라이너 마리아 릴케, 알렉산드르 푸시킨,
조선민족대표 33인 그리고 이름을 알 수 없는 작가들

일러두기

1. 이 책에 실린 작품들은 제3차 교육과정(1973년 시행)부터 제6차 교육과정(1992년 시행)까지의 중·고등학교 국어 국정 교과서에 수록되었던 작품 중에서 선별한 것입니다.

2. 작품은 교과서 개정 이후에도 반복적으로 실렸던 작품들을 중심으로 선정하였습니다.

3. 교과서 개정 과정에서 표기법의 변화가 있었을 경우에는, 위 교육과정 중 가장 최근에 발행된 교과서의 표기법을 따랐습니다.

4. 한자는 해당 우리말 뒤에 괄호로 함께 적었습니다.

5. 작품 이해를 돕기 위해, 지은이가 밝혀진 작품에는 간단한 작가 소개를 덧붙였습니다.

6. 작가 이름은 교과서 표기를 기준으로 하였으며, 필요한 경우 한자와 영문 표기를 괄호 안에 함께 제시하였습니다.

엄마 아빠의 교과서에서 되살아난 밤의 풍경

별 헤는
밤의 필사

윤동주·유치환 외 지음

엄마 백승연·딸 박영채 엮음

구름서재

젊은 시절, 나보다 겨우 몇 살 더 많던 어떤 분이 말했다.

"시간이 빨리 간다고 느껴지면, 그때부터 늙는 거야."

그땐 그 말이 무슨 뜻인지 알지 못했는데, 나이 들어가며 하루하루가 조금씩 빨라지더니 이제는 쏜살같이 흘러가 버린다.

그런데 신기하게도 거울 속의 내 모습과 달리, 마음은 점점 철없던 시절로 되돌아간다. 좋으면 아무 생각 없이 함박웃음을 터뜨리고, 삐치면 며칠 내내 말도 하지 않고 밥도 거르던 그때로.

학창 시절, 내 마음을 두근거리게 했던 미남 국어 선생님. 선생님과 함께 읽고 쓰며 가슴을 촉촉이 적시던 글귀들을 다시 다듬으며, 풋풋하고 해맑았던 나를 찾아보고 싶어 필사 여행을 떠난다.

— 엄마, 백승연

한때 풋풋한 소녀였던 엄마는 세월의 무게를 묵묵히 견뎌내며 누구보다 강인한 사람이 되어 있었다. 나는 오랫동안, 세상에서 우리 엄마만큼 강한 이는 드물 것이라고 믿었다.

엄마는 언제나 나의 든든한 조력자이자 해결사였고, 삶의 길잡이이자 동경의 대상이었다.

그러나 세월이 흐르며 조금씩 약해진 엄마는 종종 걸음을 멈추고 지나온 시간을 되돌아본다. 때로는 고개를 떨구며 지난날의 청춘을 애틋하게 그리워하기도 한다.

쉴 새 없이 재잘대던 소녀 시절, 국어 시간에 읊조리던 작은 글귀들이 지금의 엄마에게 따스한 위안이 되어 주기를 나는 간절히 바란다.

— 딸, 박영채

서툴지만 순수하였던 '나'를 찾아서

학창 시절 즐겨 듣던 노래가 어디선가 흘러나올 때 우리는 잠시 일상을 멈추고 그 시절의 '나'로 돌아가 아련한 기억 속을 거닐게 됩니다. 책장을 정리하다가 문득 꺼내 든 앨범에 있는 색바랜 사진 속의 꿈 많던 '나'는 지금 어디에 서 있을까요?

아지랑이 피어오르던 따뜻한 봄날, 수업보다는 창밖의 풍경에 눈길이 가던 그 교실. 선생님이 이름을 부르면 자리에서 일어나 또박또박 읽어 나가던 국어 교과서. 꾹꾹 연필로 눌러쓰던 글씨의 사각거림. 그때의 기억은 희미해졌지만, 그 안에는 누구보다 반짝이던 꿈과 순수함, 그리고 열일곱의 내가 있었습니다.

이 책은 그러한 어린 시절의 감정과 풍경을 차분히 불러일으키며, 빠르게 변화하는 세상 속에서 잊고 지냈던 감성의 온기를 다시 전해줍니다. 옛 국어 교과서 문장을 소리 내어 읽으면서 정성스럽게 써 내려가는 글씨가 기억해내는 젊은 날의 아련한 '나'와 그 시절의 교실로 돌아가게 되는 경험을 하게 될 것입니다.

하루의 언제라도 좋습니다. 아주 잠깐이라도 서두름을 내려놓고, 한 글자씩 꾹꾹 눌러쓰며 순수했던 그 시절의 '나'를 만나는 시간이 되었으면 좋겠습니다. 오래된 문장이 손끝에서 글씨로 피어나는 순간, 그 시절의 '나'도 순수한 '마음'도 함께 되살아날 것입니다.

— 서재화(서라벌고등학교 교사, 방송작가)

첫사랑의 눈동자에 뜬 별

시 한 수를 품는다는 것은 자신만의 별을 남모르게 간직하는 일이다. 좋은 시는 붙임성이 좋아서 금세 별자리를 선물한다. 어딘가에서 나처럼 별자리를 손꼽고 있을 꽃나무와 새털구름과 파랑새와 사막여우와 나무늘보는 덤이다. 스스로 좋은 문장을 들이는 것은 자신의 발자국만으로 길을 내는 것이다. 은하수의 길과 태양의 길과 그믐달의 길과 별똥별의 길에, 내 발자국을 덧대는 일이다. 그 길에는 언제나 청소하는 이의 고단한 땀방울이 있고, 휠체어 바퀴살에 빛나는 햇살이 함께한다. 좋은 시와 글은 언제나 근사한 벗을 데리고 온다. 기쁨과 슬픔으로 헝클어진 세상을 어루만지라고 등을 토닥인다. 세계시민이 되는 길로 길잡이 한다. 내가 맴돌던 대동여지도를 세계지도와 우주 너머로 확장한다. 하늘의 무늬인 천문과 땅의 무늬인 지문과 사람의 무늬인 인문의 시원(始原)이 한 방울의 잉크에서 발원했음을 일깨워준다. 이 책에는 할아버지, 할머니와 아버지, 어머니와 삼촌 누나가 건네주는 길이 있다. 정화수와 첫사랑의 눈동자에 뜬 별이 있다. 필사(筆寫)를 넘어 필경(筆耕)으로 가자. 글 이랑에 숨결을 불어 넣어 나의 우주를 경작하자.

— 이정록(시인)

그리운 이름을 불러 보는 시간

요즘 엄마 아빠를 보면 사람이라기보다 기계처럼 느껴질 때가 있습니다. 잔소리는 늘었고, 감정 표현은 줄어든 것처럼 보입니다. 예전에는 무언가에 열중하고, 꿈과 생각이 가득했던 분들이었을 텐데, 지금은 지친 모습으로 멍하니 시간을 보내는 것 같아 마음이 쏠쏠합니다.

하지만 엄마 아빠는 단순히 시간을 흘려보내는 존재만은 아닙니다. 자기 시간을 만들어 온 사람들이니까요. 만약 시간을 되돌릴 수 있다면 엄마 아빠가 한때 깊이 빠져 있던 순간으로 돌아가게 해 주고 싶습니다. 바로 윤동주의 「별 헤는 밤」을 떠올리던 그때 말입니다.

「별 헤는 밤」은 윤동주가 밤하늘의 별을 하나하나 세며 자신의 추억과 사랑, 외로움, 꿈을 떠올리던 시간입니다. 그는 별 하나마다 무언가를 떠올리며 마음속 깊은 이야기를 꺼냅니다.

> 별 하나에 추억과
> 별 하나에 사랑과
> 별 하나에 쏠쏠함과
> 별 하나에 동경과
> 별 하나에 시와
> 별 하나에 어머니, 어머니,
>
> — 윤동주, 「별 헤는 밤」

엄마 아빠도 젊은 시절에는 이런 마음으로 세상을 바라보았을 것입니다. 추억을 떠올리고, 사랑을 이야기하고, 쓸쓸함을 견디며, 시와 꿈을 품었던 시간이 있었겠지요.

윤동주는 시인 백석을 깊이 사랑해 그의 시집 『사슴』을 직접 필사하기도 했습니다. 백석의 시에는 가난하고 외롭고 쓸쓸한 사람들의 삶이 담겨 있습니다. 윤동주는 이를 통해 슬픔과 연민, 사람에 대한 깊은 애정을 배웠습니다. 그래서 그는 별 하나마다 '가난한 이웃의 이름'을 불러 보았습니다.

이처럼 필사는 단순히 글자를 베끼는 일에 그치지 않습니다, 그 마음과 생각을 함께 읽어내는 일입니다. 비록 힘든 삶을 살았지만, 엄마 아빠도 젊은 시절에는 꿈과 감성, 존엄을 잃지 않았던 분들이었을 것입니다.

'별을 헤는' 이유는 무엇일까요? 이 책에는 그 이유로 추억, 꿈, 그리움, 떠남, 애도 같은 말들이 담겨 있습니다. 시인 한용운은 '그리운 것은 모두 임'이라고 말했습니다. 별을 바라보던 사람들은 모두 누군가를, 무언가를 그리워하고 있었던 것입니다.

이 책 『별 헤는 밤의 필사』가 엄마 아빠에게 그런 시간을 다시 선물해 주었으면 합니다. 한 글자, 한 문장을 천천히 따라 쓰며, 지금도 마음속에 남아 있는 그리움과 추억을 떠올릴 수 있기를 바랍니다.

— 이민호(시인, 문학평론가)

3장

날카로운 첫 키스의 추억

6장

목마를 타고 떠난 숙녀

이것은
소리 없는 아우성

그 시절 우리 모두는 단아한 '꽃미남' 시인 윤동주를 가슴에 품고 살았습니다. 나지막이 '서시'를 읊조리며 그가 남긴 투명한 시구에 매혹되었고, 하늘을 우러러 한 점 부끄럼 없는 삶을 살겠노라 다짐하기도 했지요.

속절없이 흐른 세월 속에서 그의 시만큼이나 아름다웠던 인간 윤동주를 깊이 마주하게 된 지금, 스물일곱 고운 나이에 스러져간 그를 생각하면 자꾸만 목이 메고 가슴이 저립니다. 차마 다 피지도 못한 채 저버린 아까운 청년… 마치 우리 모두의 아들 같았던 그가 그리워지는 계절입니다.

001

깃발

유치환(柳致環)

이것은 소리 없는 아우성.
저 푸른 해원(海原)을 향하여 흔드는
영원한 노스탤지어의 손수건.
순정은 물결같이 바람에 나부끼고
오로지 맑고 곧은 이념(理念)의 푯대 끝에
애수(哀愁)는 백로처럼 날개를 펴다.
아! 누구던가?
이렇게 슬프고도 애달픈 마음을
맨 처음 공중에 달 줄을 안 그는.

유치환(1908-1967) : 호는 청마. '생명파' 시인으로 불리며 생명과 자연의 원초적 힘을 노래했으
며, 고독, 절대, 운명 등의 주제의식이 두드러진 시편들을 발표했다.

"저 푸른 해원(海原)을 향하여 흔드는
영원한 노스탤지어의 손수건."

서시(序詩)

윤동주(尹東柱)

죽는 날까지 하늘을 우러러
한 점 부끄럼이 없기를,
잎새에 이는 바람에도
나는 괴로워했다.
별을 노래하는 마음으로
모든 죽어가는 것을 사랑해야지.
그리고 나한테 주어진 길을
걸어가야겠다.

오늘 밤에도 별이 바람에 스치운다.

윤동주(1917-1945) : 일제강점기의 대표적 서정시인으로, 맑고 투명한 언어로 시대의 고통을 성찰하는 시를 남겼다. 「서시」, 「별 헤는 밤」, 「자화상」 등을 통해 자아 성찰과 양심, 순결한 삶의 의지를 노래했다. 1943년 항일 혐의로 체포되어 후쿠오카 형무소에서 옥사하기까지 약 1000여 편의 시를 남겼으며, 그의 작품들은 사후에 시집 『하늘과 바람과 별과 시』로 엮여 간행되었다.

"죽는 날까지 하늘을 우러러
한 점 부끄럼이 없기를"

003

청춘예찬(靑春禮讚)　　민태원(閔泰瑗)

청춘(靑春)! 이는 듣기만 하여도 가슴이 설레는 말이다. 청춘! 너의 두 손을 대고 물방아 같은 심장(心臟)의 고동(鼓動)을 들어 보라. 청춘의 피는 끓는다. 끓는 피에 뛰노는 심장은 거선(巨船)의 기관(汽罐)같이 힘있다. 이것이다. 인류(人類)의 역사(歷史)를 꾸며 내려온 동력은 바로 이것이다. 이성은 투명(透明)하되 얼음과 같으며, 지혜(智慧)는 날카로우나 갑 속에 든 칼이다. 청춘의 끓는 피가 아니더면 인간(人間)이 얼마나 쓸쓸하랴? 얼음에 싸인 만물(萬物)은 죽음이 있을 뿐이다.

민태원(1894-1948) : 일제강점기에 활동한 소설가이자 언론인. 1920년에는 문학 동인지 '폐허'에 참여했으며, 『레 미제라블』(빅토르 위고)의 번안 소설인 『애사』, 『철가면』(알렉상드르 뒤마)의 번안 소설인 『무쇠탈』을 신문에 연재하기도 하였다.

"청춘의 피는 끓는다. 끓는 피에 뛰노는 심장은
거선(巨船)의 기관(汽罐)같이 힘 있다."

떠나가는 배

박용철(朴龍喆)

나 두 야 간다
나의 이 젊은 나이를
눈물로야 보낼거냐
나 두 야 가련다

아늑한 이 항군들 손쉽게야 버릴 거냐
안개같이 물 어린 눈에도 비치나니
골짜기마다 발에 익은 묏부리 모양
주름살도 눈에 익은 아 ─ 사랑하던 사람들

버리고 가는 이도 못 잊는 마음
쫓겨가는 마음인들 무어 다를 거냐
돌아다보는 구름에는 바람이 희살 짓는다
앞 대일 언덕인들 마련이나 있을 거냐

나 두 야 가련다
나의 이 젊은 나이를
눈물로야 보낼 거냐
나 두 야 간다

박용철(1904-1938) : 한국 근대시 형성기에 활동한 시인이자 평론가로, 순수 서정시의 이론적 기반을 마련한 인물. 시동인 '시문학'을 중심으로 순수시 운동을 주도하며 서정의 자율성과 예술성을 강조했다. 자연과 감정을 절제된 언어로 형상화하여 한국 현대시의 방향을 정립한 선구적 문인으로 평가된다.

"나두야 간다
나의 이 젊은 나이를 눈물로야 보낼 거냐"

청포도(青葡萄)

이육사(李陸史)

내 고장 칠월은
청포도가 익어 가는 시절.

이 마을 전설이 주저리주저리 열리고
먼 데 하늘이 꿈꾸며 알알이 들어와 박혀,

하늘 밑 푸른 바다가 가슴을 열고
흰 돛 단 배가 곱게 밀려서 오면,

내가 바라는 손님은 고달픈 몸으로
청포를 입고 찾아 온다고 했으니,

내 그를 맞아 이 포도를 따 먹으면
두 손은 함뿍 적셔도 좋으련.

아이야, 우리 식탁엔 은쟁반에
하이얀 모시 수건을 마련해 두렴.

이육사(1904-1944) : 일제강점기 저항시를 대표하는 시인이자 독립운동가. 본명은 이원록으로, 옥중 수인번호 '264'에서 필명을 얻었다. 「광야」, 「청포도」 등의 시를 통해 민족의 의지와 미래의 희망을 상징적으로 노래했다. 광복 직전 중국 베이징 감옥에서 순국했다.

"내 고장 칠월은
청포도가 익어 가는 시절"

날개

이상(李箱)

나는 불현듯 겨드랑이가 가렵다. 아하, 그것은 내 인공의 날개가 돋았던 자국이다. 오늘은 없는 이 날개. 머릿속에서는 희망과 야심이 말소된 페이지가 딕셔너리 넘어가듯 번뜩였다.

나는 걷던 걸음을 멈추고 그리고 일어나 한 번 이렇게 외쳐 보고 싶었다.

날개야 다시 돋아라.

날자. 날자. 한 번만 더 날자꾸나.

한 번만 더 날아 보자꾸나.

이상(1910-1937) : 한국 근대문학을 대표하는 시인이자 소설가로, 실험적 언어와 파격적 형식으로 문학의 경계를 넓혔다. 도시적 불안과 자아 분열, 근대 문명의 병리를 수학 기호, 해체적 문장으로 형상화했다. 시 「오감도」, 소설 「날개」를 통해 전위적 미학의 정점을 보여주었으며, 기존의 시와 소설 형식을 깨뜨리며 모더니즘 문학의 새로운 길을 열었다.

"날자. 날자. 한 번만 더 날자꾸나.
한 번만 더 날아 보자꾸나."

학문

프랜시스 베이컨(Francis Bacon)

약삭빠른 자는 학문을 경멸(輕蔑)하고, 우직한 자는 학문을 숭배하며, 지혜로운 자는 그것을 이용(利用)한다. 학문의 쓰임은 학문 스스로 가르쳐 주지 아니하며, 오히려 학문을 넘어 학문의 관찰자로서 얻어지는 것으로, 이는 사람의 지혜에 속하는 문제인 것이다.

프랜시스 베이컨(1561-1626) : 영국의 철학자이자 수필가로, 귀납적 추론을 통해 자연의 본성을 밝히는 경험주의를 주창하였다. 데카르트와 함께 근대 철학의 개척자로 평가받는다.

"약삭빠른 자는 학문을 경멸(輕蔑)하고, 우직한 자는 학문을 숭배하며, 지혜로운 자는 그것을 이용(利用)한다."

008

해(海)에게서 소년(少年)에게

최남선(崔南善)

1
처……ㄹ썩, 처……ㄹ썩, 척, 쏴……아.
때린다 부순다 무너 버린다.
태산 같은 높은 뫼, 집채 같은 바윗돌이나,
요것이 무어야, 요게 무어야.
나의 큰 힘 아느냐, 모르느냐, 호통까지 하면서,
때린다, 부순다, 무너 버린다.
처……ㄹ썩, 처……ㄹ썩, 척 튜르릉 콱.

2
처……ㄹ썩, 처……ㄹ썩, 척, 쏴……아.
내게는 아무것도, 두려움 없어,
육상에서 아무런 힘과 권(權)을 부리던 자라도,
내 앞에 와서는 꼼짝 못 하고,
아무리 큰 물건도 내게는 행세하지 못하네.
내게는 내게는 나의 앞에는.
처……ㄹ썩, 처……ㄹ썩, 척 튜르릉 콱.

최남선(1890-1957) : 개화기와 일제강점기에 활동한 계몽사상가이자 문학가로, 최초의 신체시 「해에게서 소년에게」를 통해 한국 근대문학의 새 흐름을 열었다.

"처얼썩 처얼썩 척 쏴아아.
때린다 부순다 무너 버린다."

009

무지개

윌리엄 워즈워스(William Wordsworth)

하늘의 무지개를 보면
내 가슴은 뛰누나.
어릴 때도 그러했고
어른 된 지금도 그러하고
늙어서도 여전히 그러할 것이니.

만약 그렇지 아니하다면 신이시여
지금이라도 나의 목숨을 거두어 가시길.

아이는 어른의 아버지
바라노니, 나의 하루하루가
타고난 그대로의 경건함으로 이어지기를.

윌리엄 워즈워스(1770-1850) : 영국 낭만주의를 대표하는 시인으로, 자연과 인간의 감정을 조화롭게 노래하며 '시란 강렬한 감정의 자발적 넘침'이라는 시론을 확립한 인물.

"하늘의 무지개를 보면
내 가슴은 뛰누나"

상록수(常綠樹)

심훈(沈熏)

창 밖을 내다보던 영신은 다시금 콧마루가 시큰해졌다.

예배당을 에두른 야트막한 담에는 쫓겨 나간 아이들이 머리만 내밀고 조옥 매달려서, 담 안을 넘어다보고 있지 않은가! 고목이 된 뽕나무 가지에 닥지닥지 열린 것은 틀림없는 사람의 열매다. 그 중에도 키가 작은 계집애들은 나무에도 기어오르지를 못하고, 땅바닥에 가 주저앉아서 홀짝거리고 울기만 한다.

영신은 창문을 열어제쳤다. 그리고, 청년들과 함께 칠판을 떼어, 담 밖에서도 볼 수 있는 창 앞턱에다가 버티어 놓고, 아래와 같이 커다랗게 썼다.

"누구든지 학교로 오너라."

"배우고야 무슨 일이든 한다."

심훈(1901-1936) : 한국의 소설가이자 시인으로, 일제강점기 민족주의 문학을 대표한 인물. 대표작인 장편소설 『상록수』는 농촌 계몽과 독립 의지를 문학적으로 형상화한 계몽소설이다.

"뽕나무 가지에 닥지닥지 열린 것은
틀림없는 사람의 열매다."

우리 젊은날의 어휘사전

노스탤지어(nostalgia) : [명사] 고향을 몹시 그리워하는 마음. 또는 지난 시절에 대한 그리움.
"저 푸른 해원(海原)을 향하여 흔드는 영원한 노스탤지어의 손수건."

— 「깃발」, 유치환

나부끼다 : [동사] 천, 종이, 머리카락 따위의 가벼운 물체가 바람을 받아서 가볍게 흔들리다.
또는 그렇게 하다.
"순정은 물결같이 바람에 나부끼고"

— 「깃발」, 유치환

우러르다 : [동사] 존경하거나 경외하는 마음으로 위를 바라보다.
"죽는 날까지 하늘을 우러러 한 점 부끄럼이 없기를"

— 「서시」, 윤동주

고동(鼓動) : [명사] 심장이나 맥박 등이 뛰는 움직임.
"물방아 같은 심장(心臟)의 고동(鼓動)을 들어 보라."

— 「청춘예찬」, 민태원

묏부리 : [명사] 멧부리의 옛말. 산의 가장 높은 봉우리.
"골짜기마다 발에 익은 묏부리 모양"

— 「떠나가는 배」, 박용철

주저리주저리 : [부사] 너저분한 물건이 어지럽게 많이 매달려 있는 모양.

"이 마을 전설이 주저리주저리 열리고"

— 「청포도」, 이육사

불현듯 : [부사] 불을 켜서 불이 일어나는 것과 같다는 뜻으로, 갑자기 어떠한 생각이 걷잡을 수 없이 일어나는 모양.

"나는 불현듯 겨드랑이가 가렵다."

— 「날개」, 이상

행세하다 : [동사] 어떤 신분이나 지위를 가진 것처럼 행동하다.

"아무리 큰 물건도 내게는 행세하지 못하네."

— 「해에게서 소년에게」, 최남선

에두르다 : [동사] 1.에워서 둘러막다. 2.바로 말하지 않고 짐작하여 알아듣도록 둘러대다.

"예배당을 에두른 야트막한 담에는 쫓겨 나간 아이들이 머리만 내밀고"

— 「상록수」, 심훈

희살(戲殺) : [명사] 1.장난을 하다가 잘못하여 죽임. 2.희롱하여 훼방을 놓음.

"돌아다보는 구름에는 바람이 희살 짓는다."

— 「떠나가는 배」, 박용철

내가 그의 이름을
불러 주었을 때

단발머리 여고생들의 책갈피 속에는 저마다의 애송시가 숨어 있었습니다. 그중에서도 김춘수의 '꽃'은 누군가의 유일한 존재가 되고 싶었던 소녀들의 마음을 가장 뜨겁게 흔들었던 시였지요. 그 시절 우리는 모두, 누군가에게 이름 불리고 누군가의 의미가 되기를 꿈꾸었습니다.

거울 속 얼굴의 이마와 눈가에 주름이 늘어났다고 해서, 피부가 건조해졌다고 해서, 감성까지 메말랐다고 생각하진 말아 주기를. 세월이 흘러도 여자는 여전히 가슴 속 한구석에 누군가의 꽃으로 피어나고 싶은 순수한 열망을 간직한 채 살아가니까.

011

꽃

김춘수(金春洙)

내가 그의 이름을 불러주기 전에는
그는 다만
하나의 몸짓에 지나지 않았다.

내가 그의 이름을 불러주었을 때,
그는 나에게로 와서
꽃이 되었다.

내가 그의 이름을 불러준 것처럼
나의 이 빛깔과 향기에 알맞은
누가 나의 이름을 불러다오.
그에게로 가서 나도
그의 꽃이 되고 싶다.

우리들은 모두
무엇이 되고 싶다.
너는 나에게 나는 너에게
잊혀지지 않는 하나의 눈짓이 되고 싶다.

김춘수(1922-2004) : 형이상학적 사유와 정제된 언어로 독자적 시 세계를 개척하며, 한국 시사에서 실험성과 현대성을 동시에 확립한 시인.

"내가 그의 이름을 불러주었을 때,
그는 나에게로 와서 꽃이 되었다"

가지 않은 길

로버트 프로스트(Robert Frost)

노란 숲속에 두 갈래 길이 있었습니다.
나는 두 길을 다 가지 못하는 것을 아쉬워하며,
한참을 서서 한 길이 굽어 꺾여 내려간
먼 데까지 바라다보았습니다.

그리고, 똑같이 아름다운 다른 길을 택했습니다.
그 길에는 풀이 우거지고 사람의 발자취가 적어,
아마 더 걸어야 할 길이라고 생각했었던 거지요.
그 길을 걸으므로 그 길도 거의 같아질 것이지만.

그 날 아침 두 길에 낙엽을 밟은 자취는 없었습니다.
아, 나는 다음날을 위하여 한 길은 남겨 두었습니다.
길은 길로 이어져 끝이 없으므로
내가 다시 돌아올 것을 의심하면서…….

먼 훗날에 나는 어디선가
한숨을 쉬며 이야기할 것입니다.
숲속에 두 갈래 길이 있었다고,
나는 사람이 적게 간 길을 택하였다고,
그리고 그것 때문에 모든 것이 달라졌다고.

로버트 프로스트(1874-1963) : 20세기 미국 문학을 대표하는 국민 시인. 자연과 삶의 진실을 구어체와 절제된 언어로 표현하였다.

"노란 숲속에 두 갈래 길이 있었습니다."

013

거울

이상(李箱)

거울속에는소리가없소
저렇게까지조용한세상은참없을것이오

거울속에도내게귀가있소
내말을못알아듣는딱한귀가두개나있소

거울속의나는왼손잡이오
내악수(握手)를받을줄모르는―악수(握手)를모르는왼손잡이오

거울때문에나는거울속의나를만져보지를못하는구료마는
거울아니었던들내가어찌거울속의나를만나보기만이라도했겠소

나는지금(至今)거울을안가졌소마는거울속에는늘거울속의내가있소
잘은모르지만외로된사업(事業)에골몰할께요

거울속의나는참나와는반대(反對)요마는
또꽤닮았소
나는거울속의나를근심하고진찰(診察)할수없으니퍽섭섭하오

이상(1910-1937) : 실험적이고 초현실주의적 기법으로 현대인의 불안과 자의식을 파격적으로 그려낸 시인이자 소설가.

"거울속의나는왼손잡이오
내악수(握手)를받을줄모르는왼손잡이오"

나의 침실로

이상화(李相和)

'마돈나' 지금은 밤도 모든 목거지에 다니노라. 피곤하여 돌아가련
도다.
아, 너도 먼동이 트기 전으로 수밀도(水蜜桃)의 네 가슴에 이슬이
맺도록 달려오너라.

'마돈나' 오려무나, 네 집에서 눈으로 유전(遺傳)하던 진주(眞珠)는
다 두고 몸만 오너라.
빨리 가자, 우리는 밝음이 오면 어딘지 모르게 숨는 두 별이어라.

'마돈나' 구석지고도 어둔 마음의 거리에서 나는 두려워 떨며 기다
리노라.
아, 어느덧 첫닭이 울고-뭇 개가 짖도다. 나의 아씨여, 너도 듣느냐.

'마돈나' 지난 밤이 새도록 내 손수 닦아 둔 침실(寢室)로 가자, 침
실(寢室)로-
낡은 달은 빠지려는데, 내 귀가 듣는 발자국-오, 너의 것이냐.

"마돈나 지난 밤이 새도록 내 손수 닦아 둔
침실(寢室)로 가자"

'마돈나' 짧은 심지를 더우잡고 눈물도 없이 하소연하는 내 맘의 촉(燭)불을 봐라.
양털 같은 바람결에도 질식(窒息)이 되어 얕푸른 연기로 꺼지려는도다.

'마돈나' 오너라, 가자, 앞산 그리메가 도깨비처럼 발도 없이 이곳 가까이 오도다.
아, 행여나 누가 볼는지―가슴이 뛰누나, 나의 아씨여, 너를 부른다.

'마돈나' 날이 새련다, 빨리 오려무나, 사원(寺院)의 쇠북이 우리를 비웃기 전에.
네 손이 내 목을 안아라. 우리도 이 밤과 함께 오랜 나라로 가고 말자.

'마돈나' 뉘우침과 두려움의 외나무다리 건너 있는 내 침실(寢室) 열 이도 없으니.
아, 바람이 불도다. 그와 같이 가볍게 오려무나. 나의 아씨여, 네가 오느냐?

'마돈나' 가엾어라, 나는 미치고 말았는가. 없는 소리를 내 귀가 들음은―
내 몸에 파란 피―가슴의 샘이 말라 버린 듯 마음과 몸이 타려는도다.

"네 손이 내 목을 안아라.
우리도 이 밤과 함께 오랜 나라로 가고 말자."

'마돈나' 언젠들 안 갈 수 있으랴. 갈 테면 우리가 가자, 끄을려가지
말고!
너는 내 말을 믿는 '마리아'-내 침실(寢室)이 부활(復活)의 동굴(洞
窟)임을 네야 알련만……

'마돈나' 밤이 주는 꿈, 우리가 엮는 꿈, 사람이 안고 뒹구는 목숨의
꿈이 다르지 않으니.
아, 어린애 가슴처럼 세월(歲月) 모르는 나의 침실로 가자, 아름답고
오랜 거기로.

'마돈나' 별들의 웃음도 흐려지려 하고 어둔 밤 물결도 잦아지려는
도다.
아, 안개가 사라지기 전으로 네가 와야지. 나의 아씨여, 너를 부른다.

이상화(1901-1943) : 일제강점기 조선의 대표적 민족 시인이자 독립운동가. 1922년 '백조' 동인
으로 문단에 데뷔했다. 퇴폐적 낭만주의 시에서 출발했으나, 민족의식과 식민지 현실의 비극을
노래하며 당대 문학의 주요한 흐름을 형성하였다.

"밤이 주는 꿈, 우리가 엮는 꿈,
사람이 안고 뒹구는 목숨의 꿈이 다르지 않으니."

015

절정(絶頂)

이육사(李陸史)

매운 계절(季節)의 채찍에 갈겨
마침내 북방(北方)으로 휩쓸려 오다.

하늘도 그만 지쳐 끝난 고원(高原)
서릿발 칼날진 그 위에 서다.

어데다 무릎을 꿇어야 하나
한 발 재겨 디딜 곳조차 없다.

이러매 눈 감아 생각해 볼밖에
겨울은 강철로 된 무지갠가 보다.

이육사(1904-1944) : 일제강점기 독립운동가이자 저항 시인으로, 강인한 민족의 기상과 의지를
담은 시들을 남겼다.

"겨울은 강철로 된 무지갠가보다."

사슴

노천명(盧天命)

모가지가 길어서 슬픈 짐승이여
언제나 점잖은 편 말이 없구나.
관(冠)이 향기(香氣)로운 너는
무척 높은 족속(族屬)이었나 보다.

물 속의 제 그림자를 들여다보고
잃었던 전설(傳說)을 생각해 내고는
어찌할 수 없는 향수(鄕愁)에
슬픈 모가지를 하고 먼 데 산을 바라본다.

노천명(1911-1957) : 황해도 장연 출생으로, 이화여자전문학교 영문과를 졸업하고 조선중앙일보, 조선일보 등에서 기자로 활동했다. 자연의 아름다움을 섬세하게 묘사하며, 그 속에서 인간의 감정을 투영하는 서정성이 강한 시를 지었다.

"모가지가 길어서 슬픈 짐승이여,
언제나 점잖은 편 말이 없구나."

017

참회록(懺悔錄)　　　　　윤동주(尹東柱)

파란 녹이 낀 구리거울 속에
내 얼굴이 남아 있는 것은
어느 왕조(王朝)의 유물(遺物)이기에
이다지도 욕될까.

나는 나의 참회(懺悔)의 글을 한 줄에 줄이자.
- 만(滿) 이십사 년 일 개월을
무슨 기쁨을 바라 살아 왔던가.

내일이나 모레나 그 어느 즐거운 날에
나는 또 한 줄의 참회록(懺悔錄)을 써야 한다.
- 그때 그 젊은 나이에
왜 그런 부끄런 고백(告白)을 했던가.

밤이면 밤마다 나의 거울을
손바닥으로 발바닥으로 닦아 보자.

그러면 어느 운석(隕石) 밑으로 홀로 걸어가는
슬픈 사람의 뒷모양이
거울 속에 나타나온다.

윤동주(1917-1945) : 일제강점기의 암울한 현실 속에서 양심과 인간의 고결함을 시로 노래한 서
정시인이자 저항 시인.

"만 이십사 년 일 개월을
무슨 기쁨을 바라 살아 왔던가."

오감도(烏瞰圖)

이상(李箱)

13인의아해가도로로질주하오.
(길은막다른골목이적당하오.)

제1의아해가무섭다고그리오.
제2의아해도무섭다고그리오.
제3의아해도무섭다고그리오.
제4의아해도무섭다고그리오.
제5의아해도무섭다고그리오.
제6의아해도무섭다고그리오.
제7의아해도무섭다고그리오.
제8의아해도무섭다고그리오.
제9의아해도무섭다고그리오.
제10의아해도무섭다고그리오.

제11의아해가무섭다고그리오.
제12의아해도무섭다고그리오.
제13의아해도무섭다고그리오.
13인의아해는무서운아해와무서워하는아해와그렇게뿐이모였소.
(다른사정은없는것이차라리나았소.)

"제1의아해가무섭다고그리오.
제2의아해도무섭다고그리오."

그중에1인의아해가무서운아해라도좋소.
그중에2인의아해가무서운아해라도좋소.
그중에2인의아해가무서워하는아해라도좋소.
그중에1인의아해가무서워하는아해라도좋소.

(길은뚫린골목이라도적당하오.)
13인의아해가도로로질주하지아니하여도좋소.

이상(1910-1937) : 초현실적이고 실험적인 문체로 인간 내면과 사회를 탐구한 시인이자 소설가.

"그중에1인의아해가무서운아해라도좋소."

019

바다와 나비

김기림(金起林)

아무도 그에게 수심(水深)을 일러준 일이 없기에
흰 나비는 도무지 바다가 무섭지 않다.

청(青)무우밭인가 해서 내려갔다가는
어린 날개가 물결에 절어서
공주처럼 지쳐서 돌아온다.

삼월(三月)달 바다가 꽃이 피지 않아서 서글픈
나비 허리에 새파란 초생달이 시리다.

김기림(1908-?) : 한국 모더니즘의 대표적 시인이자 문학평론가. 함경북도 학성에서 태어나 니혼대학과 도호쿠 제국대학에서 수학하며 주지주의와 이미지즘을 한국 시문학에 도입했다. 1933년 '구인회' 결성에 참여하며 문단 활동을 본격화했고, 시와 비평 두 영역에서 활발한 활동을 펼쳤다.

"어린 날개가 물결에 절어서
공주처럼 지쳐서 돌아온다."

집 떠나는 홍길동

허균(許筠)

길동(吉童)이 점점 자라 팔 세(八歲) 되매, 매 총명(聰明)이 과인(過人)하여 하나를 들으면 백(百)을 통하니, 공(公)이 더욱 애중(愛重)하나, 근본 천생(根本賤生)이라, 길동이 매양 호부 호형(呼父呼兄)하면, 문득 꾸짖어 못하게 하니, 길동이 십 세 넘도록 감히 부형(父兄)을 부르지 못하고, 비복(婢僕) 등이 천대(賤待) 함을 각골통한(刻骨痛恨)하여 심사(心思)를 정(定)치 못하더니, 추구월(秋九月) 망간(望間)을 당(當)하매 명월(明月)은 조요(照耀)하고 청풍(淸風)은 소슬(蕭瑟)하여 사람의 심회(心懷)를 돕는지라.

허균(1569~1618) : 파격적 사상과 개혁적 열정을 지닌 조선 중기의 문인·사상가로, 한국 최초의 한글 소설로 알려진 『홍길동전』을 지었다.

"길동이 매양 호부 호형(呼父呼兄)하면 문득 꾸짖어 못하게
 하니, 길동이 십 세 넘도록 부형(父兄)을 부르지 못하고"

우리 젊은날의 어휘사전

눈짓 : [명사] 눈으로 하는 표시나 신호.

"너는 나에게 나는 너에게 잊혀지지 않는 하나의 눈짓이 되고 싶다."

— 「꽃」, 김춘수

유전(遺傳)하다 : [동사] 물려받아 내려오다. 또는 그렇게 전하다.

"네 집에서 눈으로 유전(遺傳)하던 진주(眞珠)는 다 두고 몸만 오너라."

— 「나의 침실로」, 이상화

서릿발 : [명사] 서리가 내리면서 생긴 흰 줄기 모양.

"서릿발 칼날진 그 위에 서다."

— 「절정」, 이육사

족속(族屬) : [명사] 1.같은 문중이나 계통에 속하는 겨레붙이. 2. 같은 패거리에 속하는 사람들을 낮잡아 이르는 말.

"관이 향기로운 너는 무척 높은 족속(族屬)이었나 보다."

— 「사슴」, 노천명

참회(懺悔) : [명사] 자신의 죄나 잘못을 뉘우침.

"나는 나의 참회(懺悔)의 글을 한 줄에 줄이자."

— 「참회록」, 윤동주

질주(疾走) : [명사] 매우 빠르게 달림.

"13인의 아해가 도로로 질주하오."

—「오감도」, 이상

절다 : [동사] 1.땀이나 기름 따위의 더러운 물질이 묻거나 끼어 찌들다. 2.사람이 술이나 독한 기운에 의하여 영향을 받게 되다.

"어린 날개가 물결에 절어서 공주처럼 지쳐서 돌아온다."

—「바다와 나비」, 김기림

애중(愛重)하다 : [동사] 사랑하고 소중하게 여기다.

"하나를 들으면 백(百)을 통하니 공(公)이 더욱 애중(愛重)하나"

—「집 떠나는 홍길동」, 허균

호부호형(呼父呼兄) : [명사] 아버지를 아버지라, 형을 형이라 부름.

"길동이 매양 호부 호형(呼父呼兄)하면, 문득 꾸짖어 못 하게 하니"

—「집 떠나는 홍길동」, 허균

조요하다 : [형용사] 밝게 비치어 빛나다. **소슬하다** : [형용사] 으스스하고 쓸쓸하다.

"명월(明月)은 조요(照耀)하고 청풍(淸風)은 소슬(蕭瑟)하여 사람의 심회(心懷)를 돕는지라."

—「집 떠나는 홍길동」, 허균

날카로운
첫 키스의 추억

피천득의 '인연'은 우리에게 만남과 이별의 본질을 되묻게 합니다. 삶의 여정에서 우리는 참으로 다양한 인연을 마주합니다. 찰나의 스침으로 끝나는 이가 있는가 하면, 오랫동안 곁을 지키는 이도 있고, 때로는 인생의 물줄기를 완전히 바꿔 놓는 이도 있지요. 때로는 '차라리 만나지 않았더라면' 싶은 아픈 인연조차, 긴 시간이 흐른 뒤에는 마음 한구석에 지워지지 않는 무늬로 남곤 합니다.

흔히 나이가 들면 새로운 인연을 맺기보다 곁에 둔 관계를 정리해야 한다고들 말합니다. 하지만 저는 조금 다르게 생각합니다. 사람과 사람이 마음을 나누는 일만큼 이 세상에 아름다운 것이 또 있을까요. 인연은 때로 상처를 남기기도 하지만, 결국 우리의 메마른 삶을 풍요롭게 채우고 다독여 주는 것은 바로 그 소중한 만남입니다.

021

님의 침묵(沈默)

한용운(韓龍雲)

님은 갔습니다. 아아, 사랑하는 나의 님은 갔습니다.

푸른 산빛을 깨치고 단풍나무 숲을 향하여 난 작은 길을 걸어서 차마 떨치고 갔습니다.

황금(黃金)의 꽃같이 굳고 빛나던 옛 맹서(盟誓)는 차디찬 티끌이 되어서 한숨의 미풍(微風)에 날아갔습니다.

날카로운 첫 키스의 추억(追憶)은 나의 운명(運命)의 지침을 돌려놓고, 뒷걸음쳐서 사라졌습니다.

나는 향기로운 님의 말소리에 귀먹고, 꽃다운 님의 얼굴에 눈멀었습니다.

사랑도 사람의 일이라, 만날 때에 미리 떠날 것을 염려하고 경계하지 아니한 것은 아니지만, 이별은 뜻밖의 일이 되고 놀란 가슴은 새로운 슬픔에 터집니다.

그러나, 이별을 쓸데없는 눈물의 원천(源泉)으로 만들고 마는 것은 스스로 사랑을 깨치는 것인 줄 아는 까닭에, 걷잡을 수 없는 슬픔의 힘을 옮겨서 새 희망(希望)의 정수박이에 들어부었습니다.

우리는 만날 때에 떠날 것을 염려하는 것과 같이, 떠날 때에 다시 만날 것을 믿습니다.

아아, 님은 갔지마는 나는 님을 보내지 아니하였습니다.

제 곡조를 못 이기는 사랑의 노래는 님의 침묵(沈默)을 휩싸고 돕니다.

한용운(1879-1944) : 일제강점기의 시인이자 승려, 독립운동가로 법명은 만해이다. 시집 『님의 침묵』을 통해 사랑과 자유, 민족 해방의 의지를 상징적으로 표현했다. 불교 사상과 저항 정신을 결합한 독창적 시 세계로 한국 근대시의 지평을 넓혔다.

"님은 갔습니다.
아아, 사랑하는 나의 님은 갔습니다."

022

인연

피천득(皮千得)

"아! 이쁜 집! 우리, 이담에 이런 집에서 같이 살아요."

아사코의 어린 목소리가 지금도 들린다.

(…)

그리워하는데도 한 번 만나고는 못 만나게 되기도 하고,

일생을 못 잊으면서도 아니 만나고 살기도 한다.

아사코와 나는 세 번 만났다.

세 번째는 아니 만났어야 좋았을 것이다.

오는 주말(週末)에는 춘천에 갔다 오려 한다.

소양강(昭陽江) 가을 경치가 아름다울 것이다.

피천득(1910-2007) : 수필가이자 영문학자로, 『인연』과 『수필』 등으로 한국 현대 수필문학의 새로운 지평을 열었다. 간결하고 서정적인 문체로 깊은 사색을 담아낸 그의 작품들은 한국 수필문학의 고전으로 자리 잡았다.

"그리워하는데도 한 번 만나고는 못 만나게 되기도 하고,
일생을 못 잊으면서도 아니 만나고 살기도 한다."

행복

유치환(柳致環)

- 사랑하는 것은
사랑을 받느니보다 행복하나니라
오늘도 나는
에메랄드 빛 하늘이 훤히 내다뵈는
우체국 창문 앞에 와서 너에게 편지를 쓴다

행길 향한 문으로 숱한 사람들이
제각기 한 가지씩 생각에 족한 얼굴로 와선
총총히 우표를 사고 전보지를 받고
먼 고향으로 또는 그리운 사람께로
슬프고 즐겁고 다정한 사연들을 보내나니

세상의 고달픈 바람결에 시달리고 나부끼어
더욱더 의지삼고 피어 홍클어진
인정의 꽃밭에서
너와 나의 애틋한 연분도
어쩌면 한 방울 연연한 진홍빛 양귀비꽃인지도 모른다

"사랑하는 것은 사랑 받는 것보다 더 행복하나니라"

- 사랑하는 것은
사랑을 받느니보다 행복하나니라
오늘도 나는 너에게 편지를 쓰나니
그리운 이여 그러면 안녕!
설령 이것이 이 세상 마지막 인사가 될지라도
사랑하였으므로 나는 진정 행복하였네라

유치환(1908-1967) : 강렬한 생명 의지와 순수한 사랑을 노래한 한국 현대시의 대표적 서정시인.

"사랑하였으므로 나는 진정 행복하였네라"

024

별

알퐁스 도데(Alphonse Daudet)

아가씨는 먼동이 터 올라 별들이 파리하게 빛을 잃어가는 동안, 꼼짝도 하지 않은 채 내 어깨에 머리를 얹고 있었습니다. 나는 그 고요한 얼굴을 바라보며 꼬박 밤을 새웠습니다. 설렘에 가슴이 두근거렸지만, 그래도 내 마음은 어디까지나 투명하고 순수함을 잃지 않았습니다. 우리를 둘러싼 별들은 거대한 무리의 양떼처럼 평화롭고 고요히 운행을 계속하고 있었습니다. 그리고 이따금 이런 생각이 머리를 스치곤 했습니다. -저토록 많은 별들 중에서 가장 가냘프고 빛나는 별 하나가 길을 잃고 내 어깨에 살포시 내려앉아 잠들어 있노라고.

알퐁스 도데(1840-1897) : 프랑스의 소설가로, 따뜻하고 감성적인 단편을 통해 인간 삶의 정서를 섬세하게 묘사했다. 자연주의와 사실주의의 경계에서 인간에 대한 이해를 바탕으로 따뜻한 서정성이 돋보이는 작품들을 발표했다.

"저토록 많은 별들 중에서 가장 가냘프고 빛나는 별 하나가
길을 잃고 내 어깨에 살포시 내려앉아 잠들어 있노라고."

025

동짓달 기나긴 밤을

황진이(黃眞伊)

동짓달 기나긴 밤을 한 허리를 버혀내여
춘풍(春風) 이불 아래 서리서리 넣었다가
어론 님 오신 날 밤이어든 굽이굽이 펴리라

황진이(1506경-1560경) : 조선 중기의 여류 시인으로, 기녀 출신이라는 한계를 넘어 탁월한 문학적 재능을 꽃피웠다. 사랑과 이별, 인생의 무상함을 대담하면서도 세련된 시구에 담아냈으며, 자유로운 정신과 개성적인 시 세계로 한국 고전문학의 역사에 깊은 흔적을 남겼다.

"동짓달 기나긴 밤을 한 허리를 버혀내여"

진달래꽃

김소월(金素月)

나 보기가 역겨워
가실 때에는
말없이 고이 보내 드리오리다.

영변(寧邊)에 약산(藥山)
진달래꽃
아름 따다 가실 길에 뿌리오리다.

가시는 걸음걸음
놓인 그 꽃을
사뿐히 즈려밟고 가시옵소서.

나 보기가 역겨워
가실 때에는
죽어도 아니 눈물 흘리오리다.

김소월(1902-1934) : 민요적 율조와 한국적 정서를 바탕으로 이별과 그리움을 노래한 우리나라의 대표적인 민족시인이자 서정시인.

"가시는 걸음 걸음 놓인 그 꽃을
사뿐히 즈려 밟고 가시옵소서."

027

빈처(貧妻)

현진건(玄鎭健)

"그러문요, 그렇고말고요."

아직 아무도 인정해 주지 않은 무명작가인 나를 다만 저 하나가 깊이깊이 인정해 준다. 그러기에 그 강한 물질에 대한 본능적 요구도 참아 가며 오늘날까지 몹시 눈살을 찌푸리지 아니하고 나를 도와 준 것이다.

'아아, 나에게 위안을 주고 원조를 주는 천사여!'

마음속으로 이렇게 부르짖으며 두 팔로 덥썩 아내의 허리를 잡아 내 가슴에 바싹 안았다. 그 다음 순간에는 뜨거운 두 입술이………

그의 눈에도 나의 눈에도 그렁그렁한 눈물이 물끓듯 넘쳐흐른다.

현진건(1900-1943) : 사실주의 문학의 선구자로 식민지 현실을 냉철하게 그려낸 소설들을 발표했다. 「운수 좋은 날」, 「술 권하는 사회」 등에서 도시 하층민의 삶과 사회 모순을 파헤쳤다. 간결하고 절제된 문체로 비극적 현실을 객관화하며 한국 사실주의 문학의 기틀을 다졌다.

"아아, 나에게 위안을 주고
원조를 주는 천사여!"

028

예전엔 미처 몰랐어요

김소월(金素月)

봄 가을 없이 밤마다 돋는 달도
예전엔 미처 몰랐어요.

이렇게 사무치게 그리울 줄도
예전엔 미처 몰랐어요.

달이 암만 밝아도 쳐다볼 줄을
예전엔 미처 몰랐어요.

이제금 저 달이 설움인 줄은
예전엔 미처 몰랐어요.

김소월(1902-1934) : 평안북도 곽산 출신으로 본명은 김정식. 한국 서정시를 대표하는 시인으로 민요적 율조와 한의 정서를 시에 접목시켰다. 「진달래꽃」, 「초혼」 등에서 이별과 그리움, 상실의 마음을 소박한 언어로 노래했다.

"이렇게 사무치게 그리울 줄도
예전엔 미처 몰랐어요."

이니스프리의 호도(湖島) 윌리엄 버틀러 예이츠(W. B. Yeats)

나 이제 가리라, 이니스프리로 떠나리라.
진흙과 나뭇가지로 오두막을 지으리니
강낭콩 아홉 줄 심고 벌통도 놓아,
꿀벌 소리 가득한 숲속에 홀로 살리라.

내 마음속 평화를 얻으리라, 천천히 내리는 평화.
귀뚜라미 우는 곳, 아침 안개의 커튼에서 떨어지는 이슬 방울처럼
자정엔 은은한 빛, 오후엔 자줏빛 황홀,
저녁엔 울새의 날갯짓 가득하리라.

나 이제 가리라, 밤이나 낮이나,
호숫가 잔물결 소리, 부드럽게 속삭이는 곳
큰길가에 서 있어도 회색 보도 위에 서 있어도,
그 물소리는 내 깊은 가슴 속에 울리나니.

윌리엄 버틀러 예이츠(1865-1939) : 아일랜드의 민족 정신과 신비주의를 시로 노래한 20세기 초기의 대표적 상징주의 시인. 1923년 노벨문학상을 수상했다.

"나 이제 가리라,
이니스프리로 떠나리라."

030

나룻배와 행인

한용운(韓龍雲)

나는 나룻배
당신은 행인.

당신은 흙발로 나를 짓밟습니다.
나는 당신을 안고 물을 건너갑니다.
나는 당신을 안으면 깊으나 얕으나 급한 여울이나 건너갑니다.

만일 당신이 아니 오시면 나는 바람을 쐬고 눈비를 맞으며 밤에서
낮까지 당신을 기다리고 있습니다.
당신은 물만 건너면 나를 돌아보지도 않고 가십니다 그려.
그러나 당신이 언제든지 오실 줄만은 알아요.
나는 당신을 기다리면서 날마다 날마다 낡아갑니다.

나는 나룻배
당신은 행인.

한용운(1879-1944) : 승려이자 시인, 독립운동가로 한국 근대문학과 민족운동을 아우른 인물.
3·1운동 민족대표 33인으로 참여해 옥고를 치렀으며, 불교적 사유와 민족적 현실을 결합한 시어
를 통해 높은 정신 세계를 형상화하였다.

"나는 당신을 기다리면서
날마다 날마다 낡아갑니다."

차마 : 「부사」 부끄럽거나 안타까워서 감히.
"푸른 산빛을 깨치고 단풍나무 숲을 향하여 난 작은 길을 걸어서 차마 떨치고 갔습니다."

— 「님의 침묵」, 한용운

미풍(微風) : [명사] 약하게 부는 바람.≒세풍.
"차디찬 티끌이 되어서 한숨의 미풍(微風)에 날아갔습니다."

— 「님의 침묵」, 한용운

먼동 : [명사] 날이 밝아 올 무렵의 동쪽.
"아가씨는 훤하게 먼동이 터 올라 별들이 파리하게 빛을 잃어 가는 동안"

— 「별」, 도데

서리서리 : [부사] 국수, 새끼, 실 따위를 헝클어지지 아니하도록 둥그렇게 포개어 감아 놓은 모양.
"춘풍(春風) 이불 아래 서리서리 넣었다가"

— 「동짓달 기나긴 밤을」, 황진이

즈려밟다(→ 지르밟다) : [동사] 위에서 내리눌러 밟다.
"사뿐히 즈려밟고 가시옵소서."

— 「진달래꽃」, 김소월

그렁그렁하다 : [형용사] 1.액체가 많이 담기거나 괴어서 가장자리까지 거의 찰 듯하다. 2.눈에 눈물이 넘칠 듯이 그득 괴어 있다.

"그의 눈에도 나의 눈에도 그렁그렁한 눈물이 물 끓듯 넘쳐흐른다."

— 「빈처」, 현진건

사무치다 : [동사] 깊이 스며들거나 멀리까지 미치다.

"이렇게 사무치게 그리울 줄도 예전엔 미처 몰랐어요."

— 「예전엔 미처 몰랐어요」, 김소월

여울 : [명사] 강이나 바다 따위의 바닥이 얕거나 폭이 좁아 물살이 세게 흐르는 곳.≒물여울, 천탄.

"나는 당신을 안으면 깊으나 얕으나 급한 여울이나 건너갑니다."

— 「나룻배와 행인」, 한용운

나룻배 : [명사] 나루와 나루 사이를 오가며 사람이나 짐 따위를 실어 나르는 작은 배.

"나는 나룻배 당신은 행인."

— 「나룻배와 행인」, 한용운

애틋하다 : [형용사] 섭섭하고 안타까워 애가 타는 듯하다.

"너와 나의 애틋한 연분도 어쩌면 한 방울 연연한 진홍빛 양귀비꽃인지도 모른다."

— 「행복」, 유치환

4장

지금 그 사람
이름은 잊었지만

브라운 아이드 소울의 '북천이 맑다커늘'을 처음 들었을 때의

뭉클한 전율을 잊을 수 없습니다. 조선의 문장가 임제의 고시가

현대의 선율을 입고 이토록 눈부시게 되살아나다니요. 이 노래

는 임제가 평양의 기생 한우에게 보낸 은유 섞인 고백이었습니

다. 그리고 한우는 이에 기품 있게 화답하였지요.

모든 것이 빠르고 물질이 풍요로운 시대를 살아가고 있지만, 나

이가 들수록 시 한 수에 진심을 꾹꾹 눌러 마음을 주고받던 옛

사람들의 정취가 그리워집니다. 은근하면서도 단단했던 그 시절

의 낭만이, 오늘날 차가운 우리의 가슴을 따스하게 적셔주는 듯

합니다.

세월이 가면

박인환(朴寅煥)

지금 그 사람 이름은 잊었지만
그 눈동자 입술은
내 가슴에 있네.

바람이 불고
비가 올 때도
나는 저 유리창 밖
가로등 그늘의 밤을 잊지 못하지.

사랑은 가고 옛날은 남는 것,
여름날의 호숫가 가을의 공원,
그 벤치 위에
나뭇잎은 떨어지고,
나뭇잎은 흙이 되고,
나뭇잎에 덮여서
우리들 사랑이
사라진다 해도

"사랑은 가고 옛날은 남는 것
여름날의 호숫가 가을의 공원"

지금 그 사람 이름은 잊었지만
그 눈동자 입술은
내 가슴에 있네.
내 서늘한 가슴에 있네.

박인환(1926-1956) : 강원도 인제 출생. 한국전쟁 이후 모더니즘 시의 기수로 주목받으며, 도시적 비애와 시대적 고뇌를 담은 작품 세계를 구축했다. 「목마와 숙녀」, 「세월이 가면」 등의 대표작으로 오늘날까지 널리 사랑받고 있다. 30년의 짧은 생애에도 한국 현대시사에 뚜렷한 발자취를 남겼다.

"그 눈동자 입술은
내 가슴에 있네."

별 헤는 밤

윤동주(尹東柱)

계절(季節)이 지나가는 하늘에는
가을로 가득 차 있습니다.

나는 아무 걱정도 없이
가을 속의 별들을 다 헤일 듯합니다.

가슴속에 하나둘 새겨지는 별을
이제 다 못 헤는 것은
쉬이 아침이 오는 까닭이요,
내일(來日) 밤이 남은 까닭이요,
아직 나의 청춘(靑春)이 다하지 않은 까닭입니다.

별 하나에 추억(追憶)과
별 하나에 사랑과
별 하나에 쓸쓸함과
별 하나에 동경(憧憬)과
별 하나에 시(詩)와
별 하나에 어머니, 어머니,

어머님, 나는 별 하나에 아름다운 말 한마디씩 불러 봅니다. 소학
교(小學校) 때 책상(冊床)을 같이 했던 아이들의 이름과, 패(佩),

"별 하나에 추억(追憶)과
별 하나에 사랑과"

경(鏡), 옥(玉) 이런 이국소녀(異國少女)들의 이름과, 벌써 아기 어머니 된 계집애들의 이름과, 가난한 이웃 사람들의 이름과, 비둘기, 강아지, 토끼, 노새, 노루, '프랑시스 잠', '라이너 마리아 릴케' 이런 시인(詩人)의 이름을 불러 봅니다.

이네들은 너무나 멀리 있습니다.
별이 아스라이 멀듯이.

어머님,
그리고 당신은 멀리 북간도(北間島)에 계십니다.

나는 무엇인지 그리워
이 많은 별빛이 내린 언덕 위에
내 이름자를 써 보고,
흙으로 덮어 버리었습니다.

딴은 밤을 새워 우는 벌레는
부끄러운 이름을 슬퍼하는 까닭입니다.

그러나 겨울이 지나고 나의 별에도 봄이 오면
무덤 위에 파란 잔디가 피어나듯이
내 이름자 묻힌 언덕 위에도
자랑처럼 풀이 무성할 게외다.

윤동주(1917-1945) : 일제강점기의 암울한 현실 속에서 양심과 인간의 고결함을 시로 노래한 서정시인이자 저항 시인.

"내 이름자 묻힌 언덕 위에도
자랑처럼 풀이 무성할 거외다."

033

신록예찬(新綠禮讚)

이양하(李敭河)

눈을 들어 하늘을 우러러보고 먼 산을 바라보라. 어린애의 웃음 같이 깨끗하고 명랑한 오월의 하늘, 나날이 푸르러 가는 이 산 저 산, 나날이 새로운 경이(驚異)를 가져오는 이 언덕 저 언덕, 그리고 하늘을 달리고 녹음을 스쳐 오는 맑고 향기로운 바람 – 우리가 비록 빈한(貧寒)하여 가진 것이 없다 할지라도 우리는 이러한 때 모든 것을 가진 듯하고, 우리의 마음이 비록 가난하여 바라는 바, 기대하는 바가 없다 할지라도, 하늘을 달리어 녹음을 스쳐 오는 바람은 다음 순간에라도 곧 모든 것을 가져올 듯하지 아니한가?

이양하(1904-1963) : 수필 문학을 한국 문학의 한 장르로 정착시킨 대표적 수필가. 고전적 교양과 절제된 문체를 바탕으로 사색과 품격 있는 감정을 담아냈다. 대표 수필집으로 『신록예찬』이 있으며, 국어국문학자이자 교육자로도 활동했다.

"나날이 푸르러 가는 이 산 저 산,
나날이 새로운 경이를 가져오는 이 언덕 저 언덕"

034

모란이 피기까지는

김영랑(金永郎)

모란이 피기까지는
나는 아직 나의 봄을 기다리고 있을 테요
모란이 뚝뚝 떨어져 버린 날
나는 비로소 봄을 여읜 설움에 잠길 테요
오월 어느 날 그 하루 무덥던 날
떨어져 누운 꽃잎마저 시들어 버리고는
천지에 모란은 자취도 없어지고
뻗쳐오르던 내 보람 서운케 무너졌느니
모란이 지고 말면 그뿐 내 한 해는 다 가고 말아
삼백 예순 날 하냥 섭섭해 우옵네다
모란이 피기까지는
나는 아직 기다리고 있을 테요 찬란한 슬픔의 봄을

김영랑(1903-1950) : 전남 강진 출생으로, 본명은 김윤식이며 언어의 조탁을 통해 한국 순수 서
정시의 새로운 지평을 열었다. 우리말 고유의 아름다움을 살린 맑고 고운 시어로 자연과 인간의
내밀한 감정을 섬세하게 노래했다.

"나는 아직 기다리고 있을 테요,
찬란한 슬픔의 봄을"

035

북천이 맑다커늘

임제(林悌)

북천(北天)이 맑다커늘 우장(雨裝) 없이 길을 나니,
산에는 눈이 오고 들에는 찬비로다.
오늘은 찬비 맞았으니 얼어 잘까 하노라.

임제(1549-1587) : 조선 중기의 문인이자 시인. 탁월한 문장력과 자유분방한 기개로 당대 문단
에 독특한 자취를 남긴 인물.

"북천(北天)이 맑다커늘 우장(雨裝) 없이 길을 나니"

추일 서정(秋日抒情)

김광균(金光均)

낙엽은 폴란드 망명 정부의 지폐
포화(砲火)에 이지러진
도룬 시의 가을 하늘을 생각케 한다.
길은 한 줄기 구겨진 넥타이처럼 풀어져
일광(日光)의 폭포 속으로 사라지고
조그만 담배 연기를 내뿜으며
새로 두 시의 급행 열차가 들을 달린다.
포플라나무의 근골(筋骨) 사이로
공장의 지붕은 흰 이빨을 드러내인 채
한 가닥 구부러진 철책(鐵柵)이 바람에 나부끼고
그 위에 셀로판지로 만든 구름이 하나.
자욱한 풀벌레 소리 발길로 차며
호올로 황량(荒凉)한 생각 버릴 곳 없어
허공에 띄우는 돌팔매 하나.
기울어진 풍경의 장막(帳幕) 저 쪽에
고독한 반원(半圓)을 긋고 잠기어 간다.

김광균(1914-1993) : 도시적 감수성과 몽환적인 이미지, 세련된 시어로 한국 모더니즘 시의 한 축을 이루었다. 대표작으로 「와사등」, 「외인촌」 등이 있으며, 고독과 허무의 정서를 섬세하게 그려 냈다.

"낙엽은 폴란드 망명 정부의 지폐"

037

낙엽을 태우면서

이효석(李孝石)

벚나무 아래에 긁어 모은 낙엽의 산더미를 모으고 불을 붙이면,
속엣것부터 푸슥푸슥 타기 시작해서, 가는 연기가 피어 오르고,
바람이나 없는 날이면, 그 연기가 낮게 드리워서, 어느덧 뜰 안에
자욱해진다.

낙엽 타는 냄새같이 좋은 것이 있을까? 갓 볶아 낸 코오피의 냄새
가 난다. 잘 익은 개암 냄새가 난다. 갈퀴를 손에 들고는 어느 때
까지든지 연기 속에 우뚝 서서, 타서 흩어지는 낙엽의 산더미를
바라보며 향기로운 냄새를 맡고 있노라면, 별안간 맹렬(猛烈)한
생활의 의욕(意欲)을 느끼게 된다. 연기는 몸에 배서 어느 결엔지
옷자락과 손등에서도 냄새가 나게 된다.

이효석(1907-1942) : 자연과 인간의 조화를 서정적으로 그려낸 작가로, 향토성과 낭만적 정서를
담은 단편소설들을 남겼다.

"낙엽 타는 냄새같이 좋은 것이 있을까? 갓 볶아 낸 코오피의 냄새가 난다. 잘 익은 개암 냄새가 난다."

038

여승(女僧)

백석(白石)

여승(女僧)은 합장(合掌)하고 절을 했다.
가지취의 내음새가 났다.
쓸쓸한 낯이 옛날같이 늙었다.
나는 불경(佛經)처럼 서러워졌다.

평안도(平安道)의 어늬 산(山) 깊은 금점판
나는 파리한 여인(女人)에게서 옥수수를 샀다.
여인(女人)은 나 어린 딸아이를 따리며 가을밤같이 차게 울었다.

섶벌같이 나아간 지아비 기다려 십 년(十年)이 갔다.
지아비는 돌아오지 않고
어린 딸은 도라지꽃이 좋아 돌무덤으로 갔다.

산(山)꿩도 섧게 울은 슬픈 날이 있었다.
산(山)절의 마당귀에 여인(女人)의 머리오리가
눈물방울과 같이 떨어진 날이 있었다.

백석(1912~1996) : 평북 정주 출신의 시인. 향토적 소재와 평안도 방언을 세련된 감각으로 버무려 우리말의 아름다움을 극대화하였다.

"여승(女僧)은 합장(合掌)하고 절을 했다.
가지취의 내음새가 났다."

039

그날이 오면

심훈(沈熏)

그날이 오면 그날이 오며는
삼각산(三角山)이 일어나 더덩실 춤이라도 추고
한강물이 뒤집혀 용솟음칠 그날이
이 목숨이 끊기기 전에 와 주기만 하량이면
나는 밤하늘에 날으는 까마귀와 같이
종로의 인경(人磬)을 머리로 들이받아 울리오리다.
두개골(頭蓋骨)은 깨어져 산산조각이 나도
기뻐서 죽사오매 오히려 무슨 한(恨)이 남으오리까.

그날이 와서 오오 그날이 와서
육조(六曹) 앞 넓은 길을 울며 뛰며 딩굴어도
그래도 넘치는 기쁨에 가슴이 미어질 듯하거든
드는 칼로 이 몸의 가죽이라도 벗겨서
커다란 북을 만들어 들쳐 메고는
여러분의 행렬에 앞장을 서오리다.
우렁찬 그 소리를 한 번이라도 듣기만 하면
그 자리에 거꾸러져도 눈을 감겠소이다.

심훈(1901-1936) : 일제강점기 민족주의 문학을 대표한 인물로 시, 소설, 희곡을 넘나들며 다양한 작품 활동을 펼쳤다. 농촌 계몽과 민족 해방의 염원을 문학에 담아 현실 참여 문학의 전형을 보여주었다.

"그날이 오면 그날이 오며는
삼각산(三角山)이 일어나 더덩실 춤이라도 추고"

040

금강산(金剛山) 기행

이광수(李光秀)

평범한 이 봉(峰)이야말로 만이천(萬二千) 중의 최고봉이요, 평범한 이 바위야말로 해마다 수천(數千)의 생명을 살리는 위대한 덕을 가진 바위외다. 위대는 평범이외다. 나는 이에서 평범의 덕을 배웁니다. 평범한 저 바위가 평범한 봉두(峰頭)에 앉아 개벽(開闢) 이래 몇천만 년을 말 없이 있건마는, 만인이 우러러보고 생명의 구주(救主)로 아는 것을 생각하면, 절세(絕世)의 위인(偉人)을 대하는 듯합니다.

이광수(1892-1950) : 근대 한국문학을 개척한 소설가, 평론가로 한국 최초의 근대 장편소설 『무정』을 썼다. 초기에는 계몽적 민족주의 문학을 주도하였지만, 일제강점기 후반 친일 행적으로 역사적 오명을 남겼다.

"위대는 평범이외다.
나는 이에서 평범의 덕을 배웁니다."

아스라이 : [부사] 1.보기에 아슬아슬할 만큼 높거나 까마득할 정도로 멀게. 2.기억이 분명하게 나지 않고 가물가물하게.

"별이 아스라이 멀듯이."

— 「별 헤는 밤」, 윤동주

동경(憧憬) : [명사] 어떤 것을 간절히 그리워하여 그것만을 생각함.

"별 하나에 동경(憧憬)과 별 하나에 시(詩)와 별 하나에 어머니, 어머니"

— 「별 헤는 밤」, 윤동주

녹음 : [명사] 푸른 잎이 우거진 나무나 수풀. 또는 그 나무의 그늘.≒취음.

"하늘을 달리고 녹음을 스쳐 오는 맑고 향기로운 바람"

— 「신록예찬」, 이양하

빈한하다(貧寒하다) : [형용사] 살림이 가난하여 집안이 쓸쓸하다.

"우리가 비록 빈한하여 가진 것이 없다 할지라도"

— 「신록예찬」, 이양하

여의다 : [동사] 1.멀리 떠나보내다. 2.부모나 사랑하는 사람이 죽어서 이별하다.

"나는 비로소 봄을 여읜 설움에 잠길 테요."

— 「모란이 피기까지는」, 김영랑

우장(雨裝) : [명사] 비 오는 날에 입는 옷차림.
"북천(北天)이 맑다커늘 우장(雨裝) 없이 길을 나니"

— 「북천이 맑다커늘」, 임제

근골(筋骨) : [명사] 근육과 뼈대를 아울러 이르는 말.
"포플라나무의 근골(筋骨) 사이로 공장의 지붕은 흰 이빨을 드러내인 채"

— 「추일서정」, 김광균

금점판(金店판) : [명사] 예전에, 주로 수공업적 방식으로 작업하던 금광의 일터. ≒금전판, 금판.
파리하다 : [형용사] 몸이 마르고 낯빛이나 살색이 핏기가 전혀 없다.
"평안도(平安道)의 어느 산(山) 깊은 금점판 나는 파리한 여인(女人)에게서 옥수수를 샀다."

— 「여승」, 백석

섶벌 : [명사] 일벌의 일종
"섶벌같이 나아간 지아비 기다려 십 년(十年)이 갔다."

— 「여승」, 백석

하량(下諒) : [명사] 주로 편지글에서, 윗사람이 아랫사람의 심정을 살피어 알아줌을 높여 이르는 말.
"이 목숨이 끊기기 전에 와 주기만 하량이면"

— 「그날이 오면」, 심훈

5장

차마 꿈엔들
잊힐리야

누군가에게는 흔하고 쉬운 사랑이, 또 누군가에게는 평생 단 한 번뿐인 지독한 열병이 되기도 합니다. 끝내 이루지 못한 채 마음 깊은 곳에 곱게 접어 둔 사랑은, 문득문득 꺼내어 볼 때마다 아릿한 추억이 되어 돌아오곤 하지요.

달빛 아래 흰 꽃 흐드러지게 핀 메밀밭을 지나며, 물레방앗간에서의 하룻밤 인연을 평생의 이정표 삼아 살아온 장돌뱅이 허생원. 그가 고단한 길 위에서 간직해 온 사랑은 과연 어떤 빛깔이었을까요? 아마도 그것은 차가운 달빛과 메밀꽃의 향기가 뒤섞인, 시리도록 푸르고도 아련한 그리움의 색이었을지도 모릅니다.

향수

정지용(鄭芝溶)

넓은 벌 동쪽 끝으로
옛이야기 지줄대는 실개천이 회돌아 나가고,
얼룩백이 황소가
해설피 금빛 게으른 울음을 우는 곳,

─그곳이 참하 꿈엔들 잊힐 리야.

질화로에 재가 식어지면
뷔인 밭에 밤바람 소리 말을 달리고,
엷은 조름에 겨운 늙으신 아버지가
짚벼개를 돋아 고이시는 곳,

─그 곳이 참하 꿈엔들 잊힐리야.

흙에서 자란 내 마음
파아란 하늘 빛이 그립어
함부로 쏜 활살을 찾으려
풀섶 이슬에 함추름 휘적시든 곳,

─그 곳이 참하 꿈엔들 잊힐리야.

"넓은 벌 동쪽 끝으로
옛이야기 지줄대는 실개천이 회돌아 나가고"

전설(傳說) 바다에 춤추는 밤물결 같은
검은 귀밑머리 날리는 어린 누의와
아무러치도 않고 여쁠것도 없는
사철 발벗은 안해가
따가운 햇ㅅ살을 등에지고 이삭 줏던 곳,

―그 곳이 참하 꿈엔들 잊힐리야.

하늘에는 석근 별
알수도 없는 모래성으로 발을 옮기고,
서리 까마귀 우지짖고 지나가는 초라한 집웅,
흐릿한 불빛에 돌아 앉어 도란 도란거리는 곳,

―그 곳이 참하 꿈엔들 잊힐리야.

정지용(1902-1950) : 한국 현대시의 출발을 이끈 시인으로, 이미지즘적 기법과 감각적 언어를 정착시켰다. 「향수」, 「고향」, 「유리창」 등에서 세련된 시어와 음악성을 통해 새로운 서정시의 지평을 열었다.

"그곳이 참하 꿈엔들 잊힐리야."

산 너머 남촌에는

김동환(金東煥)

1.
산 너머 남촌에는
누가 살길래,
해마다 봄바람이
남으로 오네.

꽃 피는 사월이면
진달래 향기,
밀 익는 오월이면
보리 내음새.

어느 것 한 가진들
실어 안 오리.
남촌서 남풍 불 제
나는 좋데나.

"산 너머 남촌에는 누가 살길래,
해마다 봄바람이 남으로 오네."

2.
산 너머 남촌에는
누가 살길래,
저 하늘 저 빛깔이
저리 고울까?

금잔디 넓은 벌엔
호랑나비 떼,
버들밭 실개천엔
종달새 노래.

어느 것 한 가진들
들려 안 오리.
남촌서 남풍 불 제
나는 좋데나.

김동환(1901-1958 추정) : 한국의 근대시를 개척한 대표적 시인. 「국경의 밤」을 통해 한국 현대 문학에서 최초의 장편 서사시를 선보였으며 '삼천리' 등의 잡지를 창간하며 문학, 언론 분야에서 활발히 활동했다. 일제강점기에는 여러 친일 단체에서 활동하며 전쟁 지원 시를 발표하기도 했다. 1950년 한국전쟁 당시 납북된 뒤 이후 행적이 알려져 있지 않다.

"남촌서 남풍 불 제 나는 좋대나."

043

어머니를 그리며(思親)

신사임당(申師任堂)

산 첩첩 고향은 천리련마는
자나깨나 꿈속에도 돌아가고파

한송정 가에는 외로이 뜬 달
경포대 앞에는 한 줄기 바람

갈매기는 모래 위로 흩어졌다 모이고
고깃배들은 바다 위로 오고 가리니

언제나 강릉길 다시 밟아가
색동옷 입고 앉아 바느질할꼬

신사임당(1504-1551) : 조선 중기의 문인이자 화가로, 시·서·화에 뛰어난 재능을 지녔으며, 성리학적 교양과 예술성을 겸비한 여성상으로 후세에 귀감이 되고 있다. 율곡 이이의 어머니로도 유명하다.

"언제나 강릉길 다시 밟아가
색동옷 입고 앉아 바느질할꼬"

엄마야 누나야

김소월(金素月)

엄마야 누나야 강변(江邊) 살자
뜰에는 반짝이는 금(金)모래 빛
뒷문(門) 밖에는 갈잎의 노래
엄마야 누나야 강변(江邊) 살자

김소월(1902-1934) : 민요적 율조와 한국적 정서를 바탕으로 이별과 그리움을 노래한 우리나라 대표 서정시인.

"엄마야 누나야 강변(江邊) 살자"

045

메밀꽃 필 무렵

이효석(李孝石)

산허리는 온통 메밀밭이어서 피기 시작한 꽃이 소금을 뿌린 듯이 흐뭇한 달빛에 숨이 막힐 지경이다. 붉은 대궁이 향기같이 애잔하고 나귀들의 걸음도 시원하다. 길이 좁은 까닭에 세 사람은 나귀를 타고 외줄로 늘어섰다. 방울소리가 시원스럽게 딸랑딸랑 메밀밭께로 흘러간다. 앞장선 허생원의 이야기소리는 꽁무니에 선 동이에게는 확적히는 안 들렸으나, 그는 그대로 개운한 제멋에 적적하지는 않았다.

이효석(1907-1942) : 일제강점기에 활동한 작가이자 수필가. 향토성과 낭만적 서정을 담은 단편들을 많이 남겼다. 초기에는 사회비판적 경향을 보였으나, 이후 인간의 본능과 자연의 미를 탐구하는 순수 문학으로 전환하며 독보적인 예술 세계를 구축했다.

"산허리는 온통 메밀밭이어서 피기 시작한 꽃이
소금을 뿌린 듯이 흐뭇한 달빛에 숨이 막힐 지경이다."

046

겨울밤

노천명(盧天命)

그믐도 가까운 겨울밤이 깊어 가고 있다. 지금쯤 어느 단칸방에서는 어떤 아내가 불이 꺼지려는 질화로에다 연방 삼발이를 다시 놓아 가면서 오지 뚝배기에 된장찌개를 보글보글 끓여 놓고, 지나가는 발소리마다 귀를 나발통처럼 열어놓고 남편을 기다리는 것인지도 모른다. 이런 따뜻한 정이 있어 우리의 얼어붙은 마음을 훈훈히 녹여 주는 한 겨울은 춥지 않다.

노천명(1911-1957) : 자연에 대한 관조와 일상의 애수를 여성적 감성으로 노래한 서정시인. 한국 근대시를 대표하는 여류 시인으로, 맑고 섬세한 감수성의 서정시를 썼다.

"지금 어느 단칸방에서는 어떤 아내가 오지 뚝배기에
된장찌개를 보글보글 끓여 놓고……"

돌담에 속삭이는 햇발

김영랑(金永郎)

돌담에 속삭이는 햇발같이
풀 아래 웃음짓는 샘물같이
내 마음 고요히 고운 봄 길 위에
오늘 하루 하늘을 우러르고 싶다.

새악시 볼에 떠오는 부끄럼같이
시의 가슴에 살포시 젖는 물결같이
보드레한 에메랄드 얇게 흐르는
실비단 하늘을 바라보고 싶다.

김영랑(1903-1950) : 전남 강진 출생으로, 본명은 김윤식이며 언어의 조탁을 통해 한국 순수 서
정시의 새로운 지평을 열었다. 우리말 고유의 아름다움을 살린 맑고 고운 시어로 자연과 인간의
내밀한 감정을 섬세하게 노래했다.

"돌담에 속삭이는 햇발같이
풀 아래 웃음짓는 샘물같이"

048

고향

정지용(鄭芝溶)

고향에 고향에 돌아와도
그리던 고향은 아니러뇨.

산꿩이 알을 품고
뻐꾹새 제철에 울건만.

마음은 제 고향 지니지 않고
머언 항구로 떠도는 구름.

오늘도 뫼끝에 홀로 오르니
흰 점꽃이 인정스레 웃고,

어린 시절에 불던 풀피리 소리 아니 나고
메마른 입술에 쓰디쓰다.

고향에 고향에 돌아와도
그리던 하늘만이 높푸르구나.

정지용(1902-1950) : 시각, 청각 등 감각을 깨우는 이미지를 우리말 고유의 음악성과 결합해 정
서적 울림을 자아내는 시를 지었다.

"고향에 고향에 돌아와도
그리던 그리던 고향은 아니러뇨"

정읍사(井邑詞)

작자 미상

달하 노피곰 도다샤
어긔야 머리곰 비취오시라
어긔야 어강됴리
아으 다롱디리
져재 녀러신고요
어긔야 즌 대를 드욜셰라
어긔야 어강됴리
어느이다 노코시라
어긔야 내 가논 대 점그랄셰라
어긔야 어강됴리
아으 다롱디리

"달하, 높이곰 돋으샤
어긔야 머리곰 비취오시라"

050

가시리

작자 미상

가시리 가시리잇고 나난
바리고 가시리잇고 나난
위 증즐가 태평성대(太平聖代)

날러는 엇디 살라 하고
바리고 가시리잇고 나난
위 증즐가 태평성대(太平聖代)

잡사와 두어리마나난
선하면 아니 올셰라
위 증즐가 태평성대(太平聖代)

셜온 님 보내옵나니 나난
가시난 닷 도셔오쇼셔 나난
위 증즐가 태평성대(太平聖代)

"가시리 가시리잇고
바리고 가시리잇고"

우리 젊은날의 어휘사전

해설피 : [부사] 해 질 무렵 햇빛이 옅거나 약한 모양을 이르는 방언. (충청)

"얼룩백이 황소가 해설피 금빛 게으른 울음을 우는 곳,"

— 「향수」, 정지용

귀밑머리 : [명사] 이마 한가운데를 중심으로 좌우로 갈라 귀 뒤로 넘겨 땋은 머리.

"전설 바다에 춤추는 밤물결 같은 검은 귀밑머리 날리는 어린 누의와"

— 「향수」, 정지용

실개천 : [명사] 폭이 매우 좁고 작은 개천.

"버들밭 실개천엔 종달새 노래."

— 「산 너머 남촌에는」, 김동환

첩첩 : [명사] 여러 겹. =겹겹.

"산 첩첩 고향은 천리련마는"

— 「어머니를 그리며」, 신사임당

확적히(確的히) : [부사] 정확하게 맞아 조금도 틀리지 아니하게.=적확히.

"앞장선 허생원의 이야기소리는 꽁무니에 선 동이에게는 확적히는 안 들렸으나"

— 「메밀꽃 필 무렵」, 이효석

애잔하다 : [형용사] 1.애처롭고 애틋하다. 2.몹시 가냘프고 약하다.
"붉은 대궁이 향기같이 애잔하고 나귀들의 걸음도 시원하다."

— 「메밀꽃 필 무렵」, 이효석

연방(連方) : [부사] 연속해서 자꾸.
"연방 삼발이를 다시 놓아 가면서 오지 뚝배기에 된장찌개를 보글보글 끓여 놓고"

— 「겨울밤」, 노천명

보드레하다 : [형용사] 꽤 보드라운 느낌이 있다.
"보드레한 에메랄드 얇게 흐르는 실비단 하늘을 바라보고 싶다."

— 「돌담에 속삭이는 햇발」, 김영랑

풀피리 : [명사] 두 입술 사이에 풀잎을 대거나 물고 부는 것.=풀잎피리
"어린 시절에 불던 풀피리 소리 아니 나고"

— 「고향」, 정지용

저자 : [명사] '시장'을 예스럽게 이르는 말.
녀다 : [동사] '가다', '다니다'의 옛말.
"저재 녀러신고요?"

— 「정읍사」, 작자 미상

6장

목마를 타고
떠난 숙녀

내 젊은 날의 한 페이지를 수놓았던 가수이자 작곡가 박인희는 박인환의 '목마와 숙녀'에 곡을 입히는 대신 '낭송'의 길을 택했습니다. 그녀의 맑고 청아한 목소리를 타고 흐르던 시구들은 수많은 청춘의 가슴에 깊은 인상을 남겼지요. 오죽하면 그 낭송에 매료되어 평생의 학업을 국문학으로 정했던 친구가 있었을 만큼, 그 목소리는 우리에게 하나의 시대적 선언과도 같았습니다.

수십 년의 세월이 흐른 지금 다시 읽어 보아도 박인환의 시는 도시적이고 현대적입니다. 예술적 낭만과 허무, 그리고 그 기저에 깔린 고독이 절묘하게 어우러져 차가운 도시의 공기처럼 가슴에 스며듭니다. 고작 서른 살이라는 짧은 생을 살다 떠난 그가 남긴 '문학적 향취'가 새삼 아쉽고 안타깝게 느껴집니다.

목마와 숙녀

박인환(朴寅煥)

한 잔의 술을 마시고
우리는 버지니아 울프의 생애와
목마를 타고 떠난 숙녀의 옷자락을 이야기한다
목마는 주인을 버리고 거저 방울소리만 울리며
가을 속으로 떠났다 술병에 별이 떨어진다
상심한 별은 내 가슴에 가벼웁게 부숴진다
그러한 잠시 내가 알던 소녀는
정원의 초목 옆에서 자라고
문학이 죽고 인생이 죽고
사랑의 진리마저 애증의 그림자를 버릴 때
목마를 탄 사랑의 사람은 보이지 않는다
세월은 가고 오는 것
한때는 고립을 피하여 시들어가고
이제 우리는 작별하여야 한다
술병이 바람에 쓰러지는 소리를 들으며
늙은 여류작가의 눈을 바라다보아야 한다
… 등대(燈臺)에 ……
불이 보이지 않아도
거저 간직한 페시미즘의 미래를 위하여
우리는 처량한 목마 소리를 기억하여야 한다
모든 것이 떠나든 죽든

"한 잔의 술을 마시고 우리는 버지니아 울프의 생애와
목마를 타고 떠난 숙녀의 옷자락을 이야기한다"

거저 가슴에 남은 희미한 의식을 붙잡고
우리는 버지니아 울프의 서러운 이야기를 들어야 한다
두 개의 바위 틈을 지나 청춘을 찾은 뱀과 같이
눈을 뜨고 한 잔의 술을 마셔야 한다
인생은 외롭지도 않고
거저 잡지의 표지처럼 통속하거늘
한탄할 그 무엇이 무서워서 우리는 떠나는 것일까
목마는 하늘에 있고
방울 소리는 귓전에 철렁거리는데
가을 바람소리는
내 쓰러진 술병 속에서 목메어 우는데

박인환(1926-1956) : 전후(戰後) 시대의 상실감과 현대적 감수성을 감각적인 언어로 포착한 시인.

"인생은 외롭지도 않고
거저 잡지의 표지처럼 통속하거늘"

052

우리를 슬프게 하는 것들 안톤 슈낙(Anton Schnack)

울음 우는 아이들은 우리를 슬프게 한다.

정원 한편 구석에서 발견된 작은 새의 시체 위에 초추(初秋)의 양광(陽光)이 떨어져 있을 때, 대체로 가을은 우리를 슬프게 한다. 그래서, 가을날 비는 처량히 내리고, 그리운 이의 인적(人跡)은 끊어져 거의 일 주일이나 혼자 있게 될 때.

아무도 살지 않는 옛 궁성, 그래서, 벽은 헐어서 흙이 떨어지고, 어느 문설주의 삭은 나무 위에 거의 판독(判讀)하기 어려운 문자를 볼 때.

숱한 세월이 흐른 후에, 문득 돌아가신 아버지의 편지가 발견될 때. 그 곳에 씌었으되, "나의 사랑하는 아들이여, 너의 소행(所行)이 내게 얼마나 많은 불면(不眠)의 밤을 가져오게 했는가……" 대체 나의 소행이란 무엇이었던가? 혹은 하나의 허언(虛言), 혹은 하나의 치희(稚戲), 이제는 벌써 그 많은 죄상을 기억 속에 찾을 수가 없다. 그러나, 아버지는 그 때문에 애를 태우신 것이다.

안톤 슈낙(1892-1973) : 독일 뮌헨에서 태어나 문학과 음악, 철학을 공부했다. 다름슈타트, 만하임, 프랑크푸르트 등지에서 신문기자와 편집자로 일했다. 짧은 산문의 대가로 알려져 있으며, 특히 「우리를 슬프게 하는 것들」로 한국 독자들에게 깊은 인상을 남겼다.

"울음 우는 아이들은 우리를 슬프게 한다."

053

승무(僧舞)

조지훈(趙芝薰)

얇은 사(紗) 하이얀 고깔은 고이 접어서 나빌레라.
파르라니 깎은 머리 박사(薄紗) 고깔에 감추오고,
두 볼에 흐르는 빛이 정작으로 고와서 서러워라.

빈 대(臺)에 황촉(黃燭)불이 말없이 녹는 밤에
오동(梧桐)잎 잎새마다 달이 지는데
소매는 길어서 하늘은 넓고
돌아설 듯 날아가며 사뿐히 접어 올린 외씨보선이여.

까만 눈동자 살포시 들어
먼 하늘 한 개 별빛에 모두오고,
복사꽃 고운 뺨에 아롱귀질 듯 두 방울이야
세사(世事)에 시달려도 번뇌(煩惱)는 별빛이라.

휘어져 감기우고 다시 접어 뻗는 손이
깊은 마음 속 거룩한 합장(合掌)인 양하고,
이 밤사 귀또리도 지새우는 삼경(三更)인데,
얇은 사(紗) 하이얀 고깔은 고이 접어서 나빌레라.

조지훈(1920-1968) : 청록파 시인의 한 사람. 한국적 정서와 전통미를 현대적 감각으로 승화시
킨 작품을 통해 우리 현대시의 품격을 높인 인물로 평가된다. 국학 연구자이자 교수로서 민속학
과 고전 문헌 연구에도 중요한 업적을 남겼다.

"얇은 사(紗) 하이얀 고깔은 고이 접어서 나빌레라."

054

남으로 창을 내겠소   김상용(金尙鎔)

남(南)으로 창(窓)을 내겠소.
밭이 한참 갈이
괭이로 파고
호미론 풀을 매지요.

구름이 꼬인다 갈 리 있소.
새 노래는 공으로 들으랴오.
강냉이가 익걸랑
함께 와 자셔도 좋소.

왜 사냐건
웃지요.

김상용(1902-1985) : 시문학파를 대표하는 시인으로, 순수 서정시의 미학을 정립했다. 자연과
일상의 풍경을 통해 내면의 정서와 정신적 균형을 탐색했다.

"왜 사냐건 웃지요"

청산별곡(靑山別曲)

작자 미상

살어리 살어리랏다.
청산(靑山)애 살어리랏다.
멀위랑 ㄷ래랑 먹고
청산(靑山)애 살어리랏다.
얄리얄리 얄라셩 얄라리 얄라.

우러라 우러라 새여.
자고 니러 우러라 새여.
널라와 시름 한 나도
자고 니러 우니노라.
얄리얄리 얄라셩 얄라리 얄라.

"살어리 살어리랏다
청산(靑山)애 살어리랏다"

056

청산리 벽계수야

황진이(黃真伊)

청산리(靑山裏) 벽계수(碧溪水)야 수이 감을 자랑 마라.

일도창해(一到滄海)하면 다시 오기 어려오니

명월(明月)이 만공산(滿空山)하니 쉬어 간들 어떠리.

황진이(1506경-1560경) : 조선 중기의 여류 시인. 그녀의 대표작인 「청산리 벽계수야」는 임과의 이별, 그리움을 상징적으로 표현한 작품으로 조선 시조 문학의 예술적 깊이를 잘 보여준다.

"청산리(靑山裏) 벽계수(碧溪水)야, 수이 감을 자랑 마라."

가을날 라이너 마리아 릴케(Rainer Maria Rilke)

주여, 때가 왔습니다. 여름은 참으로 길었습니다.
해시계 위에 당신의 그림자를 얹으시고,
들판에 바람을 풀어놓으소서.

마지막 열매들을 익게 하시고
이틀만 더 남쪽의 햇살을 주소서.
그들을 익게하여, 마지막 단맛이
짙은 포도주에 스미게 하소서.

지금 집이 없는 사람은, 이제 더 이상 집을 짓지 않습니다.
지금 고독한 사람은, 이후로도 오래 고독하여
잠자지 않고, 읽고, 그리고 긴 편지를 쓰며
낙엽 흩날리는 길을
불안스러이 헤매게 될 것입니다.

라이너 마리아 릴케(1875-1926) : 오스트리아 출신의 시인이자 소설가로, 인간 존재의 깊이와
영혼의 고독을 서정적으로 표현하였다. 대표작으로 「두이노의 비가」, 「오르페우스에게 바치는
소네트」 등이 있다.

"주여, 때가 왔습니다. 여름은 참으로 길었습니다."

058

삶이 그대를 속일지라도 알렉산드르 푸시킨(Alexander Pushkin)

삶이 그대를 속일지라도
슬퍼하거나 노여워하지 말라.
슬픈 날을 참고 견디면
즐거운 날이 꼭 찾아오리니

마음은 미래에 살고
현재는 한없이 우울한 것
모든 것은 순간에 스쳐가고
지나간 것은 다시 그리워지나니

알렉산드르 푸시킨(1779~1837) : 러시아 근대문학의 기초를 세운 시인이자 소설가로, '러시아 문학의 아버지'라 불린다. 감성 어린 서정성과 현실 인식을 바탕으로 인간에 대한 깊은 성찰을 작품 속에 투영했다.

"삶이 그대를 속일지라도
슬퍼하거나 노여워하지 말라."

국토 예찬(國土禮讚)

최남선(崔南善)

우리의 국토(國土)는 그대로 우리의 역사(歷史)이며, 철학(哲學)이며, 시 (詩)이며, 정신(精神)입니다. 문자(文字) 아닌 채 가장 명료(明瞭)하고 정확(正確)하고, 또 재미있는 기록(記錄)입니다. 우리마음의 그림자와 생활의 자취는 고스란히 똑똑히 이 국토 위에 박혀서, 어떠한 풍우(風雨)라도 마멸(磨滅)시키지 못한다는 것을 나는 믿습니다.

최남선(1890-1957) : 신체시 「해에게서 소년에게」를 통해 근대 한국시의 출발을 알린 시인이자 계몽 사상가. 잡지 『소년』을 창간하며 청년 계몽과 근대적 지식 보급에 앞장섰다. 문학사적 공헌에도 불구하고 일제강점기 후반의 친일 행적으로 오늘날 비판적 평가를 함께 받고 있다.

"우리의 국토(國土)는 그대로 우리의 역사(歷史)이며,
철학(哲學)이며, 시 (詩)이며, 정신(精神)입니다."

060

어부사시사(漁父四時詞)

윤선도(尹善道)

춘(春)

동풍(東風)이 건듣 부니 물결이 고이 닌다

돈 라라, 돈 라라

동호(東湖)를 도라보며 서호(西湖)로 가쟈스라

지국총(至匊悤) 지국총(至匊悤) 어사와(於思臥)

압 뫼히 디나가고 뒫뫼히 나아온다

하(夏)

년닙희 밥 싸 두고 반찬으란 장만 마라

닫 드러라 닫 드러라

청약립(靑蒻笠)은 써 잇노라 녹사의(綠蓑衣) 가져오냐.

지국총(至匊悤) 지국총(至匊悤) 어사와(於思臥)

무심(無心)흔 빅구는 내 좃는가, 제 좃는가.

츄(秋)

슈국(水國)의 ᄀᆞ올히 드니 고기마다 슬져 읻다

닫 드러라 닫 드러라,

만경딩파(萬頃澄波)의 슬ᄏᆞ지 용여(容與)ᄒᆞ쟈.

지국총(至匊悤) 지국총(至匊悤) 어사와(於思臥)

인간(人間)을 도라보니 머도록 더옥 됴타.

"동풍(東風)이 건듯 부니
물결이 고이 닌다"

동(冬)

간밤의 눈 갠 후(後)에 경물(景物)이 달랃고야.

이어라 이어라,

압희는 만경류리(萬頃琉璃), 뒤희는 천텹옥산(千疊玉山).

지국총(至匊悤) 지국총(至匊悤) 어사와(於思臥)

션계(仙界)ㄴ가 불계(佛界)ㄴ가 인간(人間)이 아니로다.

윤선도(1587-1671) : 조선 중기의 대표적 문인이자 학자로, 가사문학 발전에 크게 기여했다. 자연 속의 고상한 삶을 추구하며 자연친화적 사상과 도덕적 신념을 작품에 담았다.

"선계(仙界)ㄴ가 불계(佛界)ㄴ가
인간(人間)이 아니로다."

우리 젊은날의 어휘사전

페시미즘(pessimism) : [명사] 세계나 인생을 불행하고 비참한 것으로 보며, 개혁이나 진보는 불가능하다고 보는 경향이나 태도.=염세주의.

"거저 간직한 페시미즘의 미래를 위하여 우리는 처량한 목마 소리를 기억하여야 한다"

— 「목마와 숙녀」, 박인환

통속(通俗) : [명사] 1.세상에 널리 통하는 일반적인 풍속. 2.비전문적이고 대체로 저속하며 일반 대중에게 쉽게 통하는 일.

"인생은 외롭지도 않고 거저 잡지의 표지처럼 통속하거늘"

— 「목마와 숙녀」, 박인환

파르라니 : [부사] 파란빛이 돌도록.

"파르라니 깎은 머리 박사(薄紗) 고깔에 감추오고"

— 「승무」, 조지훈

사뿐히 : [부사] 1.소리가 나지 아니할 정도로 가볍게 발을 내디디는 모양. 2.매우 가볍게 움직이는 모양. =사뿐.

"돌아설 듯 날아가며 사뿐히 접어 올린 외씨보선이여."

— 「승무」, 조지훈

한참갈이 : [명사] 소로 잠깐이면 갈 수 있는 작은 논밭의 넓이.

"밭이 한참갈이 괭이로 파고 호미론 풀을 매지요."

— 「남으로 창을 내겠소」, 김상용

꼬이다 : [동사] 그럴듯한 말이나 행동으로 남을 속이거나 부추겨서 자기 생각대로 끌다.
"구름이 꼬인다 갈 리 있소."

— 「남으로 창을 내겠소」, 김상용

청산리(靑山裏) : [명사] 푸른 산속.
"청산리(靑山裏) 벽계수(碧溪水)야, 수이 감을 자랑 마라"

— 「청산리 벽계수야」, 황진이

일도창해(一到滄海) : [명사] '한 번 바다에 이르면'이라는 뜻의 고전 한문 문구.
"일도창해(一到滄海)하면 다시 오기 어려오니,"

— 「청산리 벽계수야」, 황진이

청약립(靑蒻笠) : [명사] 푸른 갈대로 만든 갓.
녹사의(錄蓑衣) : [명사] 짚, 띠 따위로 엮어 허리나 어깨에 걸쳐 두르는 비웃. =도롱이.
"청약립(靑蒻笠)은 써 잇노라 녹사의(錄蓑衣) 가져오냐."

— 「어부사시사」, 윤선도

만경징파(萬頃澄波) : [명사] 끝없이 넓고 맑은 물결.
용여(容與)**하다** : [형용사] 1.한가롭고 편안하여 흥에 겹다. 2.태도나 마음이 태연하다.
"만경딩파(萬頃澄波)의 슬카지 용여(容與)하쟈."

— 「어부사시사」, 윤선도

7장

님아,
그 강을 건너지 마오

살아가며 나를 진심으로 아껴 주는 형제자매가 곁에 있다는 것은 무엇과도 바꿀 수 없는 큰 축복입니다. 어린 시절 티격태격하며 쌓아 온 무수한 추억을 공유하고, 인생이라는 긴 여정에서 끝까지 서로의 버팀목이 되어 줄 유일한 존재이기 때문입니다. 요절한 누이를 향한 슬픔과 재회의 염원을 담은 '제망매가'를 다시 읽으니, 서른 중반의 푸른 나이에 별이 되어 버린 나의 오빠가 문득 사무치게 그리워집니다. 마음 깊은 곳에서 그의 다정한 모습과 따뜻했던 배려가 잔잔한 파문처럼 번져 옵니다. 삶과 죽음의 길은 이토록 멀고도 아득한 것인지, 우리는 어디서 와서 어디로 가는지 그 끝을 알 수 없어 더욱 먹먹한 밤입니다.

공무도하가(公無渡河歌)　　백수광부(白首狂夫)의 처

임이여, 그 강을 건너지 마오
임은 끝내 그 강을 건너셨네.
강물에 쓸려 돌아가시니,
이제 임을 어찌하리오.

"임이여, 그 강을 건너지 마오"

나비

윤곤강(尹崑崗)

비바람 험살궂게 거쳐 간 추녀 밑—
날개 찢어진 늙은 노랑나비가
맨드라미 대가리를 물고 가슴을 앓는다.

찢긴 나래에 맥이 풀려
그리운 꽃밭을 찾아갈 수 없는 슬픔에
물고 있는 맨드라미조차 소태 맛이다.

자랑스러울손 화려한 춤 재주도
한 옛날의 꿈조각처럼 흐리어
늙은 무녀(舞女)처럼 나비는 한숨진다.

윤곤강(1911-1950) : 일제강점기에 활동한 시인이자 평론가로, 민족 현실에 대한 비판적 인식을 시와 산문에 담았다. 참여적 태도와 이지적 언어를 바탕으로 현실 참여 시의 한 흐름을 형성했다. 해방 전후 문단에서 활발히 활동했으나 일찍 세상을 떠 작품 수는 많지 않다.

"날개 찢어진 늙은 노랑나비가
맨드라미 대가리를 물고 가슴을 앓는다."

063

제망매가(祭亡妹歌)   월명사(月明師)

삶과 죽음의 길이
예 있으매 두려워,
나는 가노란 말도
못 다 이르고 갔는가?
어느 가을 이른 바람에
여기저기 떨어지는 잎처럼,
한 가지에 나고서
가는 곳 모르겠구나.
아, 극락에서 만날 나는
도 닦으며 기다리련다.

월명사(생몰년 미상) : 신라 경덕왕 때의 승려로, 죽은 누이를 추모하며 삶과 죽음의 의미를 서정적으로 형상화한 향가 「제망매가」를 지었다.

"삶과 죽음의 길이 예 있으매 두려워,
나는 가노란 말도 못 다 이르고 갔는가?"

장진주사(將進酒辭)

정철(鄭澈)

한잔(盞) 먹새그려 또 한잔(盞) 먹새그려.

꽃 꺾어 산(算) 노코 무진무진(無盡無盡) 먹새그려.

이 몸 죽은 후(後)면 지게 우해 거적 더퍼 주리혀 매여 가나

유소보장(流蘇寶帳)의 만인(萬人)이 우러네나

어욱새 속새 덥가나무 백양(白楊) 숲에 가기곳 가면

누른 해 흰 달 가랑비, 굵은 눈, 쇼소리 바람 불 제 뉘 한잔 먹쟈

할고.

하믈며 무덤 우희 잔나비 휘파람 불 제 뉘우친들 엇더리.

정철(1536-1593) : 조선 중기의 문신이자 시가 문학의 대가로, 가사, 시조, 한시 등 다양한 장르에서 뛰어난 문학적 업적을 남겼다. 조선 선조 대의 핵심 정치가로 활동하는 한편, 우리 문학의 예술적 완성도를 끌어올린 인물로 평가된다.

"한잔(盞) 먹새그려 또 한잔(盞) 먹새그려."

065

조침문(弔針文)

유씨부인(劉氏夫人)

아깝다 바늘이여, 어여쁘다 바늘이여.

너는 미묘한 품질(品質)과 특별(特別)한 재치(才致)를 가졌으니,

물중(物中)의 명물이요, 철 중의 쟁쟁이라.

민첩(敏捷)하고 날래기는 백대(百代)의 협객이요, 굳세고 곧기는

만고(萬古)의 충절(忠節)이라.

추호(秋毫) 같은 부리는 말하는 듯하고, 두렷한 귀는 소리를 듣는

듯한지라.

능라와 비단에 난봉과 공작을 수놓을 제, 그 민첩하고 신기(神奇)

함은 귀신(鬼神)이 돕는 듯하니, 어찌 인력(人力)이 미칠 바리요.

유씨부인(생몰년 미상) : 조선 후기의 여류 문인으로, 바늘을 의인화한 수필 「조침문」을 통해 여성의 삶과 내면 정서를 섬세하게 표현했다.

"민첩(敏捷)하고 날래기는 백대(百代)의 협객이요,
굳세고 곧기는 만고(萬古)의 충절(忠節)이라."

066

청초 우거진 골에

임제(林悌)

청초(靑草) 우거진 골에 자난다 누엇난다.
홍안(紅顔)을 어듸 두고 백골(白骨)만 무쳣나니.
잔(盞) 잡아 권(勸)하리 업스니 그를 슬허하노라.

임제(1549-1587) : 조선 중기의 문인이자 시인. 탁월한 문장력과 자유분방한 기개로 당대 문단에 독특한 자취를 남겼다.

"청초(靑草) 우거진 골에 자난다 누엇난다."

천만 리 머나먼 길에

왕방연(王邦淵)

천만 리(千萬里) 머나먼 길에 고흔 님 여희옵고
내 마음 둘 대 업셔 냇가의 안쟈시니
져 물도 내 안 갓하여 우러 밤길 녜놋다.

왕방연(생몰년 미상) : 조선 세조 시기 금부도사로, 단종을 유배지인 영월로 호송한 인물. 어린
임금을 떠나보낸 슬픔과 죄책감을 담아 이 시조를 지었다.

"천만 리(千萬里) 머나먼 길에 고흔 님 여희옵고"

068

오백 년 도읍지를

길재(吉再)

오백 년 도읍지(都邑地)를 필마(匹馬)로 돌아드니,
산천(山川)은 의구(依舊)하되 인걸(人傑)은 간 데 없다.
어즈버, 태평연월(太平烟月)이 꿈이런가 하노라.

길재(1353-1419) : 고려 말, 조선 초의 성리학자로 조선 왕조 건립 이후 벼슬을 거부하고 학문과 후진 양성에 힘썼다. 그의 학문적 성취는 영남 사림의 형성과 도학적 전통에 깊은 영향을 미쳤다.

"어즈버, 태평연월(太平烟月)이 꿈이런가 하노라."

나비야 청산 가자

작자 미상

나비야 청산(靑山) 가자 범나비 너도 가자.
가다가 저물거든 꽃에 들어 자고 가자.
꽃에서 푸대접하거든 잎에서나 자고 가자.

"나비야 청산(靑山) 가자 범나비 너도 가자."

논개(論介)

변영로(卞榮魯)

거룩한 분노는
종교보다도 깊고
불붙는 정열은
사랑보다도 강하다.
아, 강낭콩꽃보다도 더 푸른
그 물결 위에
양귀비꽃보다도 더 붉은
그 마음 흘러라.

아리땁던 그 아미(娥眉)
높게 흔들리우며
그 석류 속 같은 입술
죽음을 입맞추었네.
아, 강낭콩꽃보다도 더 푸른
그 물결 위에
양귀비꽃보다도 더 붉은
그 마음 흘러라.

"아리땁던 그 아미(娥眉) 높게 흔들리우며
그 석류 속 같은 입술 죽음을 입맞추었네."

흐르는 강물은
길이길이 푸르리니
그대의 꽃다운 혼
어이 아니 붉으랴.
아, 강낭콩꽃보다도 더 푸른
그 물결 위에
양귀비꽃보다도 더 붉은
그 마음 흘러라.

변영로(1898-1961) : 신시(新詩)의 선구자이자 영문학자. 압축된 시어 속에 민족적 정서를 담아 낸 작품 세계로 한국 근대시에 중요한 발자취를 남겼다.

"아, 강낭콩꽃보다도 더 푸른 그 물결 위에
양귀비꽃보다도 더 붉은 그 마음 흘러라."

소태 : [명사] 소태나무의 껍질. 약재로 쓰이는데 맛이 아주 쓰며, 매우 질겨서 무엇을 동이는 데 쓰인다.=소태껍질.

"물고 있는 맨드라미조차 소태 맛이다."

— 「나비」, 윤곤강

유소보장(流蘇寶帳) : [명사] 술이 달려 있는 비단 장막. 주로 상여 위에 친다.

"유소보장(流蘇寶帳)의 만인(萬人)이 우러네나."

— 「장진주사」, 정철

소소리바람 : [명사] 이른 봄에 살 속으로 스며드는 듯한 차고 매서운 바람.

"굵은 눈 쇼소리 바람 불 제, 늬 한잔 먹쟈 할고."

— 「장진주사」, 정철

추호(秋毫) : [명사] 가을철에 털갈이하여 새로 돋아난 짐승의 가는 털.

두렷하다 : [형용사] 엉클어지거나 흐리지 아니하고 아주 분명하다. '뚜렷하다'보다 여린 느낌을 준다.

"추호 같은 부리는 말하는 듯하고, 두렷한 귀는 소리를 듣는 듯한지라."

— 「조침문」, 유씨부인

협객(俠客) : [명사] 호방하고 의협심이 있는 사람.≒유협, 유협객, 협사, 협자.

"민첩(敏捷)하고 날래기는 백대(百代)의 협객이요."

— 「조침문」, 유씨부인

홍안(紅顔) : [명사] 붉은 얼굴빛. 보통 젊음이나 젊은 시절을 뜻함.
"홍안(紅顔)을 어듸 두고 백골(白骨)만 무쳣나니."

— 「청초 우거진 골에」, 임제

필마(匹馬) : [명사] 한 필의 말. 또는 홀로 말을 탐.
"오백 년 도읍지(都邑地)를 필마(匹馬)로 돌아드니,"

— 「오백년 도읍지를」, 길재

의구(依舊)하다 : [형용사] 옛날 그대로 변함이 없다.
인걸(人傑) : 특히 뛰어난 인재.
"산천(山川)은 의구(依舊)하되 인걸(人傑)은 간 데 없다."

— 「오백년 도읍지를」, 길재

태평연월(太平烟月) : [명사] 근심이나 걱정이 없는 편안한 세월.
"어즈버, 태평연월(太平烟月)이 꿈이런가 하노라."

— 「오백년 도읍지를」, 길재

아리땁다 : [형용사] 마음이나 몸가짐 따위가 맵시 있고 곱다.
아미(娥眉) : [명사] 누에나방의 눈썹이라는 뜻으로, 가늘고 길게 굽어진 아름다운 눈썹을 이르는 말. 미인의 눈썹을 이른다.
"아리땁던 그 아미(娥眉) 높게 흔들리우며"

— 「논개」, 변영로

험난한 세상을 살아가다 보면 올곧게 정도를 지키며 살아간다는 것이 얼마나 어려운 일인지 실감하게 됩니다. 우리는 때로 편의를 위해 작은 규칙을 외면하기도 하고, 원치 않는 불의 앞에서 적당한 타협점을 찾기도 합니다.

"이런들 어떠하리, 저런들 어떠하리…"하며 어울렁더울렁 살아가는 것도 하나의 방법일지 모릅니다. 하지만 나이가 들수록 삶에 유연해진다는 것이 과연 지혜로운 것인지 스스로 묻게 됩니다. 세상과 적당히 섞여 흐르더라도, 가슴속에만큼은 옳고 그름을 가려내는 서슬 퍼런 칼날 하나쯤은 품고 살아야 하지 않을까요.

광야(曠野)

이육사(李陸史)

까마득한 날에
하늘이 처음 열리고
어디 닭 우는 소리 들렸으랴.

모든 산맥(山脈)들이
바다를 연모(戀慕)해 휘달릴 때도
차마 이 곳을 범(犯)하던 못 하였으리라.

끝임없는 광음(光陰)을
부지런한 계절(季節)이 피어선 지고
큰 강물이 비로소 길을 열었다.

지금 눈 내리고
매화 향기(梅花香氣) 홀로 아득하니
내 여기 가난한 노래의 씨를 뿌려라.

다시 천고(千古)의 뒤에
백마(白馬) 타고 오는 초인(超人)이 있어
이 광야(廣野)에서 목놓아 부르게 하리라.

이육사(1904-1944) : 일제강점기 독립운동가이자 저항 시인. 대표 시 「광야」를 통해 민족의 의지와 초월적 이상향을 상징적으로 노래했다.

"지금 눈 내리고 매화 향기(梅花香氣) 홀로 아득하니
내 여기 가난한 노래의 씨를 뿌려라."

빼앗긴 들에도 봄은 오는가

이상화(李相和)

지금은 남의 땅 - 빼앗긴 들에도 봄은 오는가?

나는 온몸에 햇살을 받고,
푸른 하늘 푸른 들이 맞붙은 곳으로,
가르마 같은 논길을 따라 꿈 속을 가듯 걸어만 간다.

입술을 다문 하늘아, 들아,
내 맘에는 나 혼자 온 것 같지를 않구나!
네가 끌었느냐, 누가 부르더냐. 답답워라. 말을 해 다오.

바람은 내 귀에 속삭이며,
한 자국도 섰지 마라, 옷자락을 흔들고.
종다리는 울타리 너머 아가씨같이 구름 뒤에서 반갑다 웃네.

고맙게 잘 자란 보리밭아,
간밤 자정이 넘어 내리던 고운 비로
너는 삼단 같은 머리털을 감았구나. 내 머리조차 가뿐하다.

혼자라도 가쁘게나 가자.
마른 논을 안고 도는 착한 도랑이
젖먹이 달래는 노래를 하고, 제 혼자 어깨춤만 추고 가네.

"지금은 남의 땅 – 빼앗긴 들에도 봄은 오는가?"

나비, 제비야, 깝치지 마라.
맨드라미, 들마꽃에도 인사를 해야지.
아주까리기름을 바른 이가 지심 매던 그 들이라도 보고 싶다.

내 손에 호미를 쥐어 다오.
살진 젖가슴과 같은 부드러운 이 흙을
발목이 시리도록 밟아도 보고, 좋은 땀조차 흘리고 싶다.

강가에 나온 아이와 같이,
짬도 모르고 끝도 없이 닫는 내 혼(魂)아,
무엇을 찾느냐, 어디로 가느냐, 웃어웁다, 답을 하려무나.

나는 온몸에 풋내를 띠고,
푸른 웃음, 푸른 설움이 어우러진 사이로,
다리를 절며 하루를 걷는다. 아마도 봄 신령이 지폈나 보다.

그러나, 지금은 – 들을 빼앗겨 봄조차 빼앗기겠네.

이상화(1901-1943) : 퇴폐적 낭만주의 시에서 출발했으나, 민족의식과 식민지 현실의 비극을 노래하며 당대 문학의 주요한 흐름을 형성했다.

"그러나, 지금은 - 들을 빼앗겨 봄조차 빼앗기겠네"

073

기미독립선언문(己未獨立宣言文)

조선민족대표 33인(朝鮮民族代表三十三人)

오등(吾等)은 자(玆)에 아(我) 조선(朝鮮)의 독립국(獨立國)임과 조선인(朝鮮人)의 자주민(自主民)임을 선언(宣言)하노라. 차(此)로써 세계만방(世界萬邦)에 고(告)하여 인류평등(人類平等)의 대의(大義)를 극명(克明)하며, 차(此)로써 자손만대(子孫萬代)에 고(誥)하여 민족자존(民族自存)의 정권(正權)을 영유(永有)케 하노라.

기미독립선언문(己未獨立宣言文) : 기미독립선언문은 최남선이 초안을 작성하였고 한용운이 수정 보완하였으며 민족대표 33인이 서명하고 공표하였다.

"오등(吾等)은 자(慈)에 아(我) 조선(朝鮮)의
독립국(獨立國)임과 조선인(朝鮮人)의
자주민(自主民)임을 선언(宣言)하노라."

나의 소원

김구(金九)

네 소원(所願)이 무엇이냐 하고 하느님이 내게 물으시면, 나는 서슴지 않고, "내 소원은 대한 독립(大韓獨立)이오." 하고 대답할 것이다. 그 다음 소원은 무엇이냐 하면, 나는 또 "우리 나라의 독립(獨立)이오." 할 것이요, 또 그 다음 소원이 무엇이냐 하는 셋째 번 물음에도, 나는 소리를 소리 높여서, "나의 소원은 우리 나라 대한(大韓)의 완전한 자주 독립(自主獨立)이오." 하고 대답할 것이다.

김구(1876-1949) : 일제강점기 대한민국 임시정부를 이끈 대표적인 독립운동가이자 사상가. 한평생 민족 독립과 자주 국가 건설을 위해 헌신하며 임시정부 주석으로 활동했다. 저서 『백범일지』를 통해 자신의 삶과 독립운동의 정신을 진솔하게 기록했다. 도덕과 문화의 힘을 중시한 민족 지도자로서 오늘날까지 깊은 존경을 받고 있다.

"나의 소원은 우리 나라 대한(大韓)의
완전한 자주 독립(自主獨立)이오"

075

춘향전

작자 미상

"갑갑하여 나 죽겠소. 일러 주오. 꿈 가운데 님을 만나 온갖 회포 나누었더니 혹시 서방님께서 기별 왔소? 언제 오신단 소식 왔소? 벼슬 띠고 내려온단 공문 왔소? 답답하여라."

"너의 서방인지 남방인지 걸인 하나가 내려왔다."

"허허, 이게 웬 말인가. 서방님이 오시다니 꿈결에 보던 님을 생시에 본단 말인가."

"허허, 이게 웬 말인가. 서방님이 오시다니
꿈결에 보던 님을 생시에 본단 말인가."

수양산 바라보며

성삼문(成三問)

수양산(首陽山) 바라보며 이제(夷齊)를 한(恨)하노라.

주려 죽을진들 채미(採薇)도 하난 것가.

비록애 푸새엣것인들 긔 뉘 따헤 났다니.

성삼문(1418-1456) : 조선 전기의 문신이자 학자로, 집현전 학사로 활동했다. 세종의 한글 창제에 참여했으며, 뛰어난 문장과 학문으로 이름을 떨쳤다. 단종 복위를 도모하다 순절한 사육신의 한 사람으로 충절의 상징으로 평가된다.

"수양산(首陽山) 바라보며
이제(夷齊)를 한(恨)하노라."

077

이런들 어떠하리

이방원(李芳遠)

이런들 어떠하며 저런들 어떠하리.
만수산(萬壽山) 드렁칡이 얽어진들 어떠하리.
우리도 이같이 얽어져 백년까지 누리리라.

이방원(1367-1422) : 태조 이성계의 다섯째 아들로, 1400년 즉위해 조선 제3대 국왕 태종으로 재위하며 조선 왕조의 기틀을 다졌다. 두 번에 걸친 왕자의 난을 통해 정적을 제거하고 권력을 장악했으며, 사병 혁파, 호패법 실시, 6조 직계제 운영 등 강력한 왕권 강화 정책을 시행했다.

"만수산(萬壽山) 드렁칡이 얽어진들 어떠하리"

이 몸이 죽고 죽어   정몽주(鄭夢周)

이 몸이 죽고 죽어 일백 번(一百番) 고쳐 죽어,
백골(白骨)이 진토(塵土) 되어 넋이라도 있고 없고,
님 향(向)한 일편단심(一片丹心)이야 가실 줄이 이시랴.

정몽주(1337-1392) : 고려 말의 대표적 성리학자이자 정치가로, 충절과 절의를 상징하는 인물이
다. 외교와 학문에 능해 고려 왕조의 중흥을 위해 힘썼다. 조선 건국 세력에 맞서 끝까지 고려에
대한 충절을 지키다가 이방원 일파에 의해 살해당했다.

"백골(白骨)이 진토(塵土) 되어 넋이라도 있고 없고"

079

용비어천가(龍飛御天歌) 집현전 학사(集賢殿 學士)

해동(海東) 육룡(六龍)이 ᄂᆞ르샤 일마다 천복(天福)이시니,
고성(古聖)이 동부(同符)ᄒ시니.

<제1장>

불휘 기픈 남ᄀᆞᆫ 브ᄅᆞ매 아니 뮐씨
곶 됴코 여름 하ᄂᆞ니
ᄉᆞ미 기픈 므른 ᄀᆞ므래 아니 그츨씨
내히 이러 바ᄅᆞ래 가ᄂᆞ니.

<제2장>

집현전 학사 : 『용비어천가』는 세종의 명에 따라 세종 27년(1445)에 집현전 학사 정인지, 안지, 권제가 편찬했다. 이들은 세종의 의도를 바탕으로 조선 왕조의 정통성과 건국의 정당성을 문학적으로 정리하여, 왕조의 국가적 이념을 확립하는 데 중요한 역할을 했다.

"불휘 기픈 남곤 ᄇᆞᄅᆞ매 아니 뮐씨
곶 됴코 여름 하ᄂᆞ니"

훈민정음(訓民正音)

세종(世宗)

나랏말ᄊᆞ미 中듕國귁에 달아 文문字쭝와로 서로 ᄉᆞᄆᆞᆺ디 아니ᄒᆞᆯᄊᆡ
이런 젼ᄎᆞ로 어린 百빅姓셩이 니르고져 ᇙ 배 이셔도
ᄆᆞᄎᆞᆷ내 제 ᄠᅳ들 시러 펴디 몯ᇙ 노미 하니라.
내 이를 爲윙ᄒᆞ야 어엿비 너겨
새로 스믈 여듧字쭝를 밍ᄀᆞ노니
사ᄅᆞᆷ마다 ᄒᆡ여 수ᄫᅵ 니겨
날로 ᄡᅮ메 便뼌安한킈 ᄒᆞ고져 ᇙ ᄯᆞᄅᆞ미니라.

세종(1397-1450) : 조선 제4대 임금으로, 백성이 쉽게 배우고 쓸 수 있는 문자를 만들기 위해 훈민정음을 창제하였다. 집현전을 중심으로 학문과 과학, 음악, 출판을 크게 발전시키며 조선 문화의 황금기를 이끌었다. 애민과 실용을 국정의 근본으로 삼은 성군으로, 오늘날까지 가장 존경받는 군주로 평가된다.

나랏말싸미 듕귁(中國)에 달아
문쫑(文字)와로 서로 ᄉᆞᄆᆞᆺ디 아니ᄒᆞᆯ씨

우리 젊은날의 어휘사전

초인(超人) : [명사] 보통 사람으로는 생각할 수 없을 만큼 뛰어난 능력을 가진 사람
"다시 천고(千古)의 뒤에 백마(白馬) 타고 오는 초인(超人)이 있어"

— 「광야」, 이육사

연모(戀慕) : [명사] 어떤 사람이나 존재를 사랑하여 간절히 그리워함.
"모든 산맥(山脈)들이 바다를 연모(戀慕)해 휘달릴 때도"

— 「광야」, 이육사

가르마 : [명사] 이마에서 정수리까지의 머리카락을 양쪽으로 갈랐을 때 생기는 금.
"가르마 같은 논길을 따라 꿈 속을 가듯 걸어만 간다."

— 「빼앗긴 들에도 봄은 오는가」, 이상화

주리다 : [동사] 제대로 먹지 못하여 배를 곯다.
채미(採薇) : [명사] 고사리를 캔다는 말의 한자어.
"주려 죽을진들 채미(採薇)도 하난 것가."

— 「수양산 바라보며」, 성삼문

삼단 : [명사] 삼을 묶은 단이란 뜻. 관용어구로 '삼단 같은 머리털'은 숱이 많고 긴 머리를 이른다.
"너는 삼단 같은 머리털을 감았구나,"

— 「빼앗긴 들에도 봄은 오는가」, 이상화

깝치다 : [동사] 자기 분수에 맞지 않게 자꾸 까불거나 잘난 체하다.

"나비, 제비야, 깝치지 마라."

— 「빼앗긴 들에도 봄은 오는가」, 이상화

지심매다 : [동사] 논밭의 잡풀을 뽑아내다. '김매다'의 방언(전북)

"아주까리기름을 바른 이가 지심매던 그 들이라도 보고 싶다."

— 「빼앗긴 들에도 봄은 오는가」, 이상화

신명(神明) : [명사] 천지(天地)의 신령.

지피다 : [동사] 사람에게 신이 내려서 모든 것을 알아맞히는 신통하고 묘한 힘이 생기다.

"아마도 봄 신명이 지폈나 보다."

— 「빼앗긴 들에도 봄은 오는가」, 이상화

극명(克明)**하다** : [동사] 속속들이 똑똑하게 밝히다.

"인류평등(人類平等)의 대의(大義)를 극명(克明)하며"

— 「기미독립선언문」, 민족대표 33인

드렁칡 : [명사] 언덕진 곳에 얽혀 있는 칡덩굴.

"만수산(萬壽山) 드렁칡이 얽어진들 어떠하리."

— 「이런들 어떠하리」, 이방원

엄마 아빠의 교과서에서 되살아난 말의 풍경

별 헤는 밤의 필사

1판 1쇄 발행 2026년 3월 18일

지은이 윤동주·유치환 외
엮은이 백승연·박영채
펴낸이 박찬규
감수 서재화
디자인 페이지트리

펴낸곳 구름서재
등록 제396-2009-000058호
주소 경기도 고양시 일산동구 산두로 88 정발마을 107동 103호
이메일 fabrice@naver.com
블로그 http://blog.naver.com/fabrice

ISBN 979-11-89213-48-0 (03800)